緋彈的亞莉亞 XXVIII

Aria the Scarlet Ammo

28

遠洋孤島的珊瑚礁

赤松中學

1彈　兩名漂流者

「尼莫。喂，尼莫——」

在溫熱的大顆雨水灑落之中，我呼喚著倒在沙灘上的尼莫。

——然而，她完全沒有回應。

我接著捲起她那件古老法國海軍服的長袖子，發現戴有玫瑰金色手錶的纖細手腕有脈搏也有體溫。鼻子也有在呼吸。

看來她是因為從那臺V－22魚鷹旋翼機上透過視野外瞬間移動跟我一起掉到海中的關係，導致暫時性腦貧血了。還好我沒有違反武偵法第九條，不過——

（……這裡到底是什麼地方啦……！）

我們漂流來到的這片海岸放眼望去什麼都沒有。在清晨的天空中，雲朵被高溼度的強風吹動著，讓天候以驚人的速度變化。彷彿快轉動畫般不斷改變形狀的烏雲縫隙間，漸漸可以看到薔薇色的天空。

被珊瑚礁圍繞的島嶼。象牙色的沙灘。與本來是夜晚的羽田海灣之間的時差。看來我和尼莫是瞬間移動失敗，被送到經緯度都誤差很大的位置了。該死……！

話雖如此，但這次失敗的原因很明顯地——就是用有失體統的手段妨礙了尼莫施展超超能力的我，雖然我並不是故意的。當人在專心施展瞬間移動的時候忽然被抓住雙峰，就算是尼莫也當然會失手。畢竟她是個女性，或者說是女孩子啊。

（……話說回來……尼莫這傢伙……）

該死！明明是在這種狀況下，而且對方還是敵人，讓我很不想承認。可是……失去意識而讓表情不像平常那樣恐怖的尼莫，看起來宛如附有血統書的高貴貓咪一樣，五官端整而有氣質，同時又讓人感到可愛。簡直就像個普通的千金大小姐。

但她不但斃了夏洛克，企圖殺掉我和金天，甚至打算讓文明崩壞，是個如魔王般的女人。就算她現在倒在我面前，我也沒有想要救她的念頭。

可是……

（萬一我放著不管結果讓她死了，好不容易迴避的第九條罪狀搞不好又會落到我頭上喔……？）

想到這點的我為了保護自己——在沒收尼莫掛在後腰、長度半長不短的短劍的同時，順便把她的身體翻過來仰躺在沙灘上，讓她可以比較好呼吸。體重超輕的！

另外，當遇到有人失去意識的時候，應該把身上的衣服解開放鬆。於是我按照武偵高中教過的急救對策解開尼莫的腰帶，同時為了盡量減少對身體的壓迫，把手槍大概是掉到海中而變得空無一物的槍套以及帶在她腰上的小包包也都解了下來。

接著把她深藍色外套的金色鈕釦也解開，敞開外套前側……

（……嗚……！）

尼莫那件鈕釦扣合處有荷葉邊裝飾的白色襯衫被海水完全浸溼——讓白底布料上印有一點一點不知是什麼花紋的、胸、胸罩都透出來啦。

被尼莫那樣像個普通女孩子的一面給嚇到的我，接著轉身背對她坐下，打開她的小包包檢查有沒有武器可以搶來用。

「女生」這樣的生物不知道為什麼在身上都會帶個神祕的小包包，裝在裡面的東西對男生來說永遠都是個謎。因此我抱著吉凶莫測的心情，戰戰兢兢地檢查了一下那個小包包……

裡面裝有跟她頭髮一樣是水藍色的髮圈、迷你香水瓶、用鈔票夾夾起來的歐元鈔票、法國的簽帳金融卡（Carte Bleue），甚至還有保佑避彈的護身符，明明她自己就會開槍打人的說。比較讓人意外的還有眼鏡，以及不知道為什麼裝在裡面的量角器。並沒有找到什麼武器。

另外還有一支萬寶龍的細鋼筆以及一本小小的手冊。畢竟手冊這種東西是可以獲得情報的來源，於是我打開一看……卻發現墨水已經被水浸得模模糊糊，頂多只能辨識出是在海圖上畫了各種雜七雜八的線。而且寫的文字全部都是法文。就在我因此疑惑歪頭的時候……

「——把手舉高。」

我的頸部忽然被一個小小的槍口從背後抵住。

這憤怒顫抖的聲音，是尼莫。

糟了，原來尼莫除了那把拉馬特左輪手槍以外，還藏了另外一把搶。我猜大概是像亞莉亞一樣藏在裙子底下吧。我基於爆發性的理由而沒有檢查那地方真是失策。

尼莫用沒有握槍的那隻手「喀嚓喀嚓」地重新繫好腰帶的同時——

「我、我身上的衣服都被解開了！遠山金次，你這傢伙……在我昏倒的這段期間，你、你趁我無法抵抗，對我做了什麼事！這個噁心惡劣的男人……！」

看來是我為了急救而解開她腰帶與鈕釦的事情——被她誤以為是我趁她昏倒的時候幹了什麼惡作劇的樣子。

「那、那衣服——是我為了讓妳比較好呼吸、才幫妳鬆開的啊。」

爆發模式早已解除的我，只能舉起雙手如此說明。可是——

「那種鬼話誰相信！你這傢伙可是個會對未婚淑女忽然伸手襲胸的野獸呀！」

尼莫憤怒發抖的手指感覺隨時都會扣下扳機。

「在魚鷹上那件事我向妳道歉，但那是一場意外。我其實是打算推妳的肩膀，可是因為妳忽然把身體挺起來——呃、對不起，我道歉。而且我才剛從海中游到這裡，已經精疲力盡了。男人在沒有體力的時候，根本不會起什麼下流的念頭啊！」

怕被開槍的我拚命解釋，想到什麼就講什麼，結果說出了這樣莫名其妙的理論——卻沒想到居然奏效了。

「……原、原來是那樣嗎？」

尼莫大概是跟缺乏女性知識的我一樣缺乏男性方面的知識，而頓時發出有點驚訝的聲音。

「沒、沒錯，所以我根本沒做什麼妳想像的那些事情。反而應該說是我救了妳，妳卻想要對我開槍，這就是N的禮儀嗎？話說這裡到底是什麼地方，告訴我！」

我抓住這個機會用有點發飆的語氣撇開話題後——

「……」

尼莫變得不發一語，並且和剛才的狀況反過來，開始到處摸我的身體。她是在找槍。

……為什麼？尼莫就算被人開槍也可以靠次次元水晶輕鬆反彈，所以應該不可能是在警戒我的手槍才對。

換言之，她是基於某種理由**需要槍**的意思。能夠想到的理由並不多，也許是她現在抵在我頸部的那把備用槍故障，或者沒有子彈。

（如果是那樣，要是我的槍被她搶走……我就會被自己的槍射殺了……！）

尼莫小小的手隔著衣服，摸到我收在左邊腋下槍套中的貝瑞塔……

就在她為了把貝瑞塔拔出來，結果讓自己的槍口從我頸部稍微別開的瞬間……

「——嗚！」

我抱著豁出去的心情，以尼莫握在右手的槍無法開槍為前提，將舉高的左手用力往下夾住尼莫的左手臂。

然而——「磅！」的一聲，失去平衡的尼莫射出的子彈從我脖子旁邊驚險飛過。她竟然開槍了。

看來我預測錯誤，那傢伙的槍根本沒有故障。但這下我已經做出了行動。

（事已至此——我就跟妳來場纏鬥！）

我按照武偵高中訓練出來的動作固定住尼莫的左手——並且把尼莫握在右手的小型手槍（Le Français）的滑套與撞針使勁握住，阻礙動作以防止再度開槍。

「你、你這傢伙……！嗚……！」

接著把尼莫的右手腕連同手槍用力一扭，手槍便掉到沙灘上了。成功啦！這雖然是風險很高的對槍格鬥技——不過多虧尼莫沒什麼力氣，讓我順利使出來了。

「妳這個比亞莉亞還小隻的微型女子！別在那邊玩什麼革命遊戲了，給我滾回小學去啦！」

在雙方都沒有槍的狀況下，先讓對手失去冷靜會對自己比較有利。而且要是讓尼莫有時間集中精神，她搞不好又會使出超能力。因此我故意取笑尼莫，激怒她的情緒。

「你說什麼！我可是十五歲——早就已經結束初等教育了！也有獲得國家學位！高中退學的你沒資格講我！」

個性上似乎是受到羞辱就會發飆的尼莫從我面前逃開，並企圖把手槍撿起來。但我一腳把槍踢往大海的方向，結果容易走火的Le Français便當場噴火——擊中沙灘的子彈當場讓宛如細砂糖的白色沙粒飛濺起來。

畢竟我之前在廣場會議時就見識過槍械與刀劍對尼莫都沒有用，因此決定靠徒手修理她一頓——可是尼莫意外地動作很快，抓也抓不到。她雖然似乎放棄了手槍，不過在鑽過我手腳的同時又會高舉雙手，像跟人擊掌一樣「啪！啪！」地用手掌拍打我的臉部，力道要痛不痛的。但或許是打架激動的緣故，她完全沒有使用超能力方面的招式。

我和尼莫就這樣在白色沙灘上跑來跑去，一下子是尼莫像兔子一樣跳起來用頭槌撞我下巴或鼻子，一下又是我把手肘往下揮動迎擊尼莫。兩人持續著難看的互鬥。但畢竟我剛剛才在東京灣上空吃了尼莫十八發子彈，又從大海中穿著衣服游到這座島上。

而尼莫也是才剛溺水過……結果我們兩人都很快就體力透支了。

「吁、吁、妳不使用、超超能力嗎、妳明明是個、陰森森的、魔女的說。」

我一屁股坐在被雨淋溼的白色沙灘上，用沾了沙子的手背擦掉鼻血。

「那種事、吁、吁、你管不著……！」

在離我稍遠處……倒在軍帽與小包包旁邊的尼莫抓起剛才被我拿掉的短劍，並抬起表情疲憊不堪的臉。

「那把劍簡直像迷你玩具一樣，刃長應該只有三十五公分而已吧。真適合妳這個小不點。」

因為對方拿了劍，於是我也為了跟她對抗而從口袋拿出短刀。

結果尼莫虛弱無力地撐起上半身，用人魚坐的姿勢把劍鋒指向我。

「你竟然侮辱高貴的尼莫家之劍，看我用你的鮮血染紅這片白沙灘。」

她這姿勢是表示如果我要跟她互砍，她願意奉陪到底。可是……

這點同樣很奇怪。她有什麼必要跟我擺出架式？能夠靠超超能力施展防禦魔術的尼莫明明就算被夏洛克用王者之劍砍到也沒事地說。

「哼……妳明明連站起來的力氣都沒有了，還在那邊講什麼帥氣話。妳就像被非法丟棄到海中的大型垃圾一樣乖乖躺在那邊吧……」

話雖如此，但我同樣也已經沒什麼力氣，於是搖搖晃晃地站起身子後，將短刀保持對著尼莫並慢慢後退。

那傢伙是個超能力者，換言之就是魔女的一種。

多虧我剛才一直激怒她，她才到現在都沒有使用超能力，但誰也不曉得她什麼時候會吐火還是放電。我應該盡快離開她面前。雖然我也想去把剛才踢到淺灘邊的那把手槍沒收過來，可是萬一我因此把視線別開的瞬間被她用雷射攻擊也很糟，所以現在只能放棄了。

「……你想逃嗎，這個卑鄙小人……！」

「像妳這種稀奇古怪的女人……誰要繼續陪妳玩啦……」

我跟尼莫拉開足夠的距離之後，從白沙灘躲進黑色的岩石區。

……該死的尼莫。雖然說你一言我一語也是難免的事情，但她竟然又是惡劣男人又是卑鄙小人的把人罵得那麼難聽，甚至還嘲笑我高中退學這件事，害我都忍不住真的跟她發飆了。

話說回來，那個小不點明明身高就跟金天差不多，讓我以為她才十歲左右……原來已經十五歲啦。哎呀，畢竟我在意外之中也親手確認過她胸部有肉了，或許是像亞莉亞那樣的迷你女高中生吧。雖然亞莉亞胸部沒肉就是了。

不管怎麼說，才那個年紀就在搞什麼讓人類文明回到過去這種大事業——這女孩長大之後一定很恐怖啊。

我離開尼莫後在岩岸邊走著走著，不知不覺間天空便放晴而變得一片蔚藍。清新的空氣中別說是車輛廢氣了，連一丁點有害物質的感覺都沒有。彷彿每吸一口氣，我的肺就會被洗淨一樣。

岸邊的海水在陽光照耀下透出底下象牙色的沙灘，稍遠處的海面因為光線折射而呈現翡翠綠，外海處則是鈷藍色，放眼望去是一片美麗的漸層。

我接著來到與剛才和尼莫交手的地方不同的另一塊沙灘。透水性高的沙子已經把早晨下過的雨水都吸到底下，或者可能是被陽光蒸發的關係，讓沙地踏起來乾爽而舒適。

轉頭一看，在弧度平緩的沙灘前方有一片茂密的島上森林。雖然這樣形容有點主客顛倒，不過那就像是超高精細度的叢林迷彩色一樣，讓人不禁看得入迷。

（……真是……漂亮的島啊……）

天空、大海、岸邊、森林，三百六十度不管望向何方，都美麗得難以用言語形容。

唯一醜陋的存在……就是即便到了這種地方還要分成敵我，互相傷害到遍體鱗傷，臉上沾滿沙子跟鼻血，搖搖晃晃拖著身體的……人類而已。

在樹林與沙灘交界處的樹上，五顏六色像是鸚鵡的鳥類嘰嘰喳喳地鳴叫著。總有一種自己被牠們嘲笑的感覺。

（不過說真的，這裡到底是什麼地方啊……？）

我四處徬徨地走著，並打開手機一看。因為是防水手機，並沒有壞掉……可是收不到訊號。我本來想說這裡似乎是國外，所以或許可以靠漫遊連上的通訊公司名字來判斷國家地說。

這下我只能在島上的什麼地方找到村落，或者至少也要找到什麼住家才行了。

畢竟是這麼漂亮的一座島嶼，搞不好會有什麼度假飯店之類的設施。

不管怎麼說，應該在哪裡會有讓船停靠的碼頭才對——我就沿著海岸走吧。

這裡的島嶼除了我和尼莫漂流到的人島之外，西側還有另一座小島。大島和小島之間雖然漲潮時會被海水隔開，不過現在只要正常徒步一分鐘左右就能夠過去。

趁著下次漲潮之前，我首先到那小島上走一圈調查一下……

這座小島真的就像典型的南國島嶼。

珍珠白色的沙灘與蔚藍色的大海，島中央處有一座小山丘，上面長滿亞歷山大椰子樹與蘇鐵。完全就是日本人憧憬的南國小島，珊瑚礁之島的感覺。

只要從海上拍張照片應該就能當旅行社傳單的美麗小島……卻感覺不到有人的氣息。

從東側來到這座小島的我，在南邊的沙灘上跨過一顆像臉盆一樣大的硨磲貝，在西南側撥開沒有結果實的香蕉樹葉繼續往前走。

然後在附近山丘下的岩石區發現了一個洞穴，於是……

「……Is anybody there（有人在嗎）？」

一方面也是因為都不講話會讓我感到不安，而試著朝黑漆漆的洞穴叫喚了一下。

可是沒有回應，靠手機畫面的亮光走進涼颼颼的洞穴深處也找不到什麼有人待過的痕跡。

因為腳下岩石很多，可以知道這裡應該是過去被海浪侵蝕出來的洞窟又反覆坍塌而埋掉了一半左右的橫向洞穴。呈現L字形的深度也只有六公尺多一點而已，就算是度假遊客也不會到這麼危險的場所來露營吧。

我離開洞穴後，走在地上隨處可見白色乾燥漂流木的北側沙灘……很快又回到小島東側。也就是我已經繞了這座小島一圈的意思。

（外圍全長連一公里都不到。總之這邊沒有碼頭啊……）

如此這般，我來到小島上不到三十分鐘，就又回到大島的西岸了。

畢竟尼莫可能還在大島南側的沙灘，因此我沿順時針方向朝北走——發現大概是圍繞這兩座島嶼的海中珊瑚礁的形狀所致，大島北岸是被強浪侵蝕出來的懸崖。

懸崖下方有一塊大概只有退潮時會露出來的小沙灘，被海水浸溼成銀灰色。踩起來溼溼黏黏的那塊沙灘上，到處都是海藻、漂流木、從懸崖上掉下來的岩石與樹枝樹葉，飄散出堆積物很多的海岸特有的腥臭味。另外也隨處能看到貝殼或藤壺類的東西。

雖然從地形上我就多少猜到了，不過從大島向北凸出約五十公尺左右的岩岸處放眼望去——

（……該死……）

大島的北側也完全沒有船隻可以停靠的場所。

剩下還沒確認的地方只有大島東側了，可是應該很難從這裡直接沿順時針方向走過去。因為大島北側的沙灘越往東側越窄，在東北側就完全不見，只剩陡峭聳立的懸崖。

走不過去就用游的應該不是什麼聰明的選擇。大島東北側的海面上到處可以看到被海水侵蝕的山崖崩落下來的岩石，所以海中肯定也有一堆像刀子一樣銳利的岩石。

真是沒轍。既然小島上，還有大島的南、西、北側都沒有碼頭……我就從這裡沿逆時針方向走回去，確認剩下的大島東側吧。碼頭應該就在那邊了。

我回到大島的岩石岸，就在快到南側沙灘的時候——

為了避開尼莫，我決定走進樹林朝東行進了。

然而那地方光是稍微走進去一點，到處都是樹幹上長滿藤蔓的樹木、密集生長的扇形大草葉、在地面上彎彎曲曲露出土壤而像陷阱一樣絆腳的樹根，再加上被雨水淋溼而呈現泥濘的土地，極為難走。

（……這簡直、就像障礙突破訓練啊……）

如果是有鋪設道路的觀光叢林就算了，但是在這種密林中行走應該要準備適切的裝備。至少也要有一把野外求生刀，然而我現在身上只有那把很細的馬尼亞戈短刀而已，只能用這玩意切開草葉藤蔓往前走了。另外我穿的鞋子雖然是武偵用的，抓地力較好，但終究也是設計來走街道的。

（尼莫的鞋子也只是短靴而已，在這種地方應該會很辛苦吧。）

在一片腥到嗆人的草木氣味之中，雖然光是走個一公里就必須花上三十分鐘……滿身大汗與泥水的我總算還是不通過南側沙灘就來到了大島的東岸。

大島的東側——也是一片耀眼的白色沙灘，上面有幾隻呈現淡灰色形成保護色的螃蟹爬來爬去。沙灘各處可以看到從樹林中延伸出來的岩石區，形成幾塊向內凹陷的小海灣。感覺每一塊小海灣就像是大自然區隔出來的私人海灘一樣。

我爬上高約一公尺的灰色岩石，環視東側的海岸——陽光被沙子反射，讓視野非常鮮明。

可是……

我看不到碼頭，眺望海上也找不到一艘遊艇之類的船隻。大島與小島都轉了一圈，全部海岸都一無所獲。看來這裡並不是靠船往來，而是靠直升機往來的島嶼啊。

於是我走下來到沙灘上……悲愁落淚戲螃蟹（註1）……

「──！」

等等，現在不是跟螃蟹玩的時候。

總算讓我發現了，人類的痕跡。

在沙灘上、一點接一點地──有人的腳印。

這不是我的腳印。無論鞋子的尺寸或步伐長度都跟我不同，更何況我還沒走過這地方。

（太好啦。只要沿著這腳印走，就能遇到島上的居民了。希望對方聽得懂英文。）

我沿著沙灘上的腳印走了一段路後……發現腳印變得越來越淡。

而且仔細一瞧，那腳印的形狀是朝後方的。看來我因為高興過頭，竟沿著反方向追蹤腳印了。

（哈哈！人不可太心急啊。）

我不禁苦笑並在沙灘上回頭，越過幾塊灰色的岩石之後──聽到「沙沙沙」地在

註1　引自日本詩人石川啄木的短歌《一握之砂》。

沙灘上小跑步的聲音。因為我一直低頭看著地面而發現得晚了，這是人類的腳步聲啊。於是我停下來，抬頭一看……

發現對方也在大約十五公尺前方停下來，抬起頭。

「……」

「……」

是尼莫。

腳印……在尼莫後方一路延續，跟我剛才在追蹤的是一樣的腳印。

規規矩矩把軍服重新穿整齊的尼莫從軍帽的帽簷底下瞪著我。看來她發現我剛才在沙灘上留下的腳印，跟我一樣以為「有人」而小跑步追上來的樣子。然而她的期待落空——

「——遠山金次！你這傢伙不要走在我附近！」

結果她就在沙灘上邁開大步走過來，對我如此怒吼。感覺像是找我出氣一樣。

接著逼近到我面前，「鏘！」一聲把短劍舉起來指向我。

……啊，那劍上有沾葉子。她也是穿過叢林走過來的啊。Enable 跟 Disenable，兩人做的事情都一樣呢。

「這個愚蠢、粗暴又淫亂的禽獸！我禁止你入侵到高潔的我半徑十公尺以內！要是你敢進到這圈子內，我就立刻槍斃你！剛才被你踢飛的那把槍我已經從海上撿回來了，你看就在這裡。知道沒！」

尼莫把腰部一扭，掀起大衣下襬，讓我看到她屁股邊的槍套。可是……

「我也不想靠近妳啊，但如果像現在這樣是妳自己靠過來的，那要怎麼辦？」

我這樣一問後，這位似乎沒想到這點的擁有國家學位的知識分子就——因為被高中退學生吐槽而變得滿臉通紅，抬頭瞪著我「嗚～」地發出像小狗的低鳴聲……

「說到底，你就不要做出什麼會讓我靠近你的事情！」

接著把臉別開，邁大步伐走回南側沙灘的方向了。

看來尼莫剛才也是在尋找船隻或島上居民的蹤影……

在這附近走了一遍後，又往反方向走過去。

換句話說，她在到處徘徊。就跟我一樣，什麼都沒有發現。

大島與小島的海岸線都找不到碼頭。

那麼接下來要找的就是直升機起降場、住家或通訊設施之類的東西了。

畢竟高潔的尼莫提督對我下達了禁止接近命令，而且我也為了避開逐漸往上升的太陽，於是再度走進叢林中——

我想試著從中央的山上俯瞰這座大島。雖然大島的海拔是西南較低東北較高，不過無關乎那樣的整體地形，在島嶼中央有一座海拔最高的山。說高其實標高目測也只有兩百公尺左右，應該就跟爬高尾山差不多輕鬆吧。

雖然我原本是這麼想的，可是……又要撥開草叢，又要用刀切開藤蔓，又要繞過岩石或巨樹，又必須一邊靠太陽確認方向一邊蛇行，讓這段登山極為消耗體力。

（從植被來看也可以知道，這裡應該不是日本……畢竟都沒看到杉樹或檜木……）

在不熟悉的土地——茂密叢林中即使吃盡苦頭，我還是繼續沿著斜坡往上爬。

大約爬了八成左右的高度時，腳下漸漸變得火成岩較多，植物也逐漸減少。

在呈現岩石山的東北一帶可以看到應該是水蒸氣的白煙。看來這座大島是古代有小規模噴發過的火山。

就這樣，我爬到了中央的山頂——朝東西南北各處眺望……

（……不妙啊……這裡是……）

無論在大島還是小島上，都看不到什麼建築物。

別說是度假飯店了，就連小屋、住家、直升機場、電波塔或車道人行道都沒有。

放眼望去只見森林、岩石與沙灘。

更加不妙的是，我明明已經爬到相當高的地方了——

可是在海上卻看不到除了這兩座島以外的陸地。

「……」

我的額頭滲出不是因為炎熱而冒的汗水。

這裡——是遠洋孤島。

——是無人島啊——

該死！該死！我是受了什麼罪要落得這種下場。

急遽變得恐懼起來的我——在下山途中恐慌到連腳步都變得不穩了。

無論是哪個國家的島嶼，多半都會建有讓船隻可以知道海上位置的無線航道標誌電波塔。而這裡既然連那樣的東西都沒有，代表這是大幅偏離船隻航線的小島。是比月球表面還要不受人注意的偏僻地區。

（雖然當時是一場意外，不過既然可以過來，那麼靠尼莫的瞬間移動應該也能回去才對。可是——）

——有件事情讓我很在意。

剛才我在東側的海灘上見到了尼莫。既然會見到她，就代表她並沒有立刻使用瞬間移動的意思。而且剛剛和我交手的時候，尼莫也完全沒有使用過魔術。

（……該不會尼莫、現在沒辦法使用超能力……？）

也許是必須休息一段時間才能使用，或是尼莫遇上什麼狀況不良，或者跟色金粒子有關的問題等等，可以想到的原因有很多。超能力者並不是隨時隨地都能安定施展術法啊。

而且說到底，我不覺得她會那麼親切把我送回東京。而如果不求助於她……我就只能期待有飛機或船隻偶然經過這裡再請求救援了。

只能夠想到這種可能性極低的方法的我，下山來到叢林中——從樹木間的縫隙看到下方的南側沙灘上有個穿著深藍色軍服的小小身影。是尼莫。她抱著一根長長的木棒，似乎在沙灘上挖著什麼巨大的文字。

（『505』……？啊，是『SOS』吧。字還真醜。）

看來尼莫也注意到這裡是無人島，所以為了如果有直升機或飛機通過這裡的時候可以從上空看到而寫了那樣的文字。不過她卻沒想到漲潮的時候那些字會被沖掉，可見她現在也處於驚慌狀態。另外，她現在果然沒辦法靠瞬間移動自己脫逃出去的樣子。

（……？）

尼莫接著走到海岸邊，也不顧自己的大衣下襬會被海水浸溼，彎下身子不知道開始在撿什麼東西。難道是在悲愁落淚戲螃蟹嗎？

不對，那是──什麼？她撿起了某個像是鐵板的漂流物。

我瞧了一會，從那深灰藍色才總算想到……

那是我和尼莫以及水銀女墨丘利搭乘並交手過的魚鷹式旋翼機的破片。

雖然超能力並不是我的專業領域所以沒什麼把握，不過尼莫的視野外瞬間移動是會將藍色霧氣包覆的區域內所有物質都挖下來一起轉移的法術。大概是當時因為我傷風敗俗的妨礙行為害得霧氣範圍扭曲變形，從尼莫所在的機上甚至透過到下方去了。結果機體外殼與機內的東西也跟著被挖走，雖然多半都沉入海底──但也有一部分漂流到這座島來了。

（啊……！）

從我這裡可以看到……我的書包也漂流到這裡了……！在東南側海岸的岩石後

面，距離尼莫約一百公尺的地方。那是我在空中交戰的時候被拆壞後吸進魚鷹機內，結果下落不明的東西。

（尼莫現在還沒有發現。我必須搶在她之前拿回來才行……！）

於是我撥開草叢、跳過岩石，顧不得被藤蔓絆腳，慌慌張張衝下斜坡。

最後總算——趁尼莫還在海邊的時候穿過沙灘，在岩石後面回收了我的書包。

書包大概是在海中被岩石之類的東西勾到的緣故，有點破損而讓裡面幾樣東西不見了，不過——很好！裝有武偵彈的盒子還在。這盒子裡裝有像閃光彈或煙霧彈之類可以對船隻或飛機發送信號的機關子彈，能夠把它撿回來可說是不幸中的大幸啊。

我避開尼莫的視線回到叢林，在林中偷偷摸摸移動……來到大島西側的沙灘，再從那裡移動到了小島上。

畢竟這座小島視野開闊，而且要是尼莫想來攻擊我，她也只能從大島的方向——也就是只能從東側走過來，讓我可以清楚知道。所以我暫時就待在這裡吧。

因為剛才在叢林中走來走去花了不少時間，現在太陽已經往位於西側的這座島傾斜了。不過在角度上還很高，白色的陽光照得海面有如鑽石，沙灘有如雪原般閃亮。

就在我眺望著那樣若不是無人島就美妙如夢境的小島沙灘時——

「……？」

白色的閃亮沙灘忽然昏暗下來，變得一片黑。

周圍的氣壓也感覺逐漸變得有壓迫感而教人不舒服。

於是我抬頭一看，發現天上不知不覺間有好幾朵像船型的雲流動著。

看來四周之所以忽然變暗，是因為雲的影子遮到這裡的緣故。在潮溼的海風吹動下，雲朵又如在賽船般蜂擁而至，把過中午後的天空埋成一片灰色。接著剛開始是「滴答滴答」，然後不到十五秒就變成了「嘩啦啦啦」的豪雨……！

人家常說島嶼的天氣瞬息萬變，原來是真的。照這種速度根本連撐傘都會來不及啊。而且雨量很多，應該一小時有二十五公厘左右吧。

我趕緊奔向沒有結果實的香蕉樹，在有如巨大螺旋槳葉的葉子下躲雨——然後看到在大島的方向，落在樹木上濺開的雨滴形成了一片像白霧般的朦朧霧氣。原來如此，「熱帶**雨林**」這講法還真是貼切啊。

……在這樣的土地，人就只能接受下雨，必須有被淋溼的覺悟。與其討厭下雨，不如抱著反過來利用雨水的想法才行。

因此我——乾脆脫下身上的衣服，只剩四角褲一條並走進豪雨之中。

不同於日本那樣清爽的海水，這裡的海水會讓其中的鹽分黏在身上。黏在身上的鹽有可能會成為潰爛或擦傷的原因，我就用這場天然淋浴把身體沖乾淨吧。

全身脫光之後可以清楚看到，我的身體到處都是在羽田海上空被尼莫開槍打出來的瘀青，簡直像花豹一樣。要是在這之上又被鹽巴刮傷肌膚，我可受不了。

我想說順便把臉也洗一洗而抬起頭，結果雨水滴進嘴巴……這才總算注意到一件事。

「……對了，水啊……」

這座島上沒有住家，換言之就是沒有水利設施。

我必須趁現在把這些雨水——也就是淡水蓄積起來才行。可是手邊沒有容器。

我為了尋找有沒有什麼東西可以當作容器的代替品，而環顧被大雨濺出一片煙霧的沙灘……看到了剛才來的時候跨過的那顆如臉盆一樣大的硨磲貝殼。於是我將它翻過來，成為容積大約有一個平底鍋大的容器。但是這樣就算全部裝滿也不到一公升啊。

雖然只要挖個洞或許就能積成水坑，暫時性保存雨水——但這裡是透水性很高的沙地。我試著挖了一個洞，果然雨水轉眼間就被吸進底下。挖得太深又反而換成海水從下面滲出來了。可惡啊。

就在硨磲貝的殼大約積了五百毫升的雨水時，天上的烏雲往北方飄去……

沒有東西遮掩的天空變色成了一片薔薇色，教人看得入迷。是晚霞。

這是……何等美麗的景象啊。我這輩子第一次見到這麼漂亮的天空，讓我都一反平常的個性感動起來了，甚至巴不得可以永遠這樣眺望下去。

然而現在可不是讓我像個觀光客一樣拍照留念的時候。這地方別說是度假飯店了，連一間屋子都沒有。我必須在天黑之前準備營火，確保睡床才行。

（還好這場雨沒有下到晚上。要是下著雨，連火都生不起來啊。）

我雖然剛才有用香蕉葉把衣物包起來防水，但外套跟襯衫還是全溼了……因此我只穿上了平安無事的褲子。反正這裡就算到晚上也很溫暖，光著上半身應該沒問題吧。

順道一提──

我在武偵高中一年級的時候，有接受過山岳與海邊的野外求生訓練。

而且當時我的成績是A＋＋。畢竟我本來就是個孤獨系的人，就算被孤零零一個人丟在什麼地方也還是能一如往常地冷靜行動。孤獨人種和野外求生活動的契合度可是很高的。

而在像這樣的環境中首先需要準備的東西就是……火。

人類就算不攝取糧食也能撐個兩週不會死，就算不喝水也能活三天。然而要是被野獸襲擊，當場就會喪命。

這座島雖然狹小，不過誰也不知道會有什麼樣的猛獸潛伏。即便我有手槍，但野獸總是會從死角偷襲目標，而且萬一遇到成群來襲也很危險。因此生火防止野獸接近會比用槍護身聰明百倍。

如此這般，我首先開始挑選生火的場所。畢竟生了火之後，晚上就要在那附近睡覺，所以挑選場所非常重要。

剛才我發現的那個洞穴雖然因為有坍塌的危險而不適合當睡床，但那空間感覺應該很方便利用──於是我決定把場所定在那附近，也就是小島西南側的海岸。

這裡不但視野開闊，如果有船或飛機經過也能看到，而且萬一尼莫從東側入侵也比較有時間可以讓我發現並準備迎擊。

正中午的時候太陽幾乎是通過天頂，因此這裡應該位於赤道附近。在這種地方就算有可能成為皮膚利什曼病媒介的白蛉棲息也不奇怪，因此有適度的海風可以吹趕飛蟲的這塊沙灘可說是相當好的地點。

（好，就在這裡生火吧。雖然現在手上沒有打火機或火柴……）

不過無須擔心。我在貝瑞塔的槍套底部有隨身攜帶打火棒啊。

所謂打火棒是以鎂為主成分，外型像銼刀的棒子。只要用短刀的刀背在上面搓動就能透過摩擦生熱產生大量火花，是非常方便的道具。這是蘭豹送給我當成野外求生訓練優秀獎的東西，在握把部分有七福神的雕刻，設計上非常土。不過在現在的狀況中名副其實就是個神道具……了……可是……咦？

不見了。我記得我確實收在腋下槍套的底部才對啊。半年前我還在青森用過吧？話說，連我同樣收在這裡保平安的護身符還有十元硬幣都不見了。

我慌慌張張把槍套翻過來搖動，結果「啪喳」一聲……

怎麼從裡面好像掉出了一張被水弄溼的便條紙，上面有用義大利文草字寫了些文字。

……『給借錢豬：這裡面的東西我就收來當成借貸的利息囉♡　貝瑞塔』……

貝瑞塔……貝瑞塔啊啊啊……！

這麼說來，我在羅馬被貝瑞塔．貝瑞塔全身剝光的時候，連槍也被她沒收過。那個哈日族，在那時候把刻有七福神的打火棒——因為設計上很有日本味的關係，就給我偷走了！Mamma mia（怎麼會這樣）！

（不不不，冷靜下來。我唯獨在野外求生方面可是個A級武偵……！不要慌……！）

想要生火還有其他方法。或者說其實只要有顆打火石就沒問題了。

於是我只好淚汪汪地進入小島上那片較小的叢林，在漸漸西沉的夕陽下趴在地上撿石頭。

剛才到處走動的時候我就有注意到，這座島上的岩石並非全部都是火成岩，甚至反而是沉積岩比較多。而只要是含有矽土的岩石都可以拿來當成打火石。換言之，只要找到像紅色啦、綠色啦、深黑色等等帶有顏色的石頭，就有很高機率可以使用。

我撿了看起來很像的石頭放在口袋中加溫並帶到海邊，接著放進海水中急速冷卻後用力敲在岩地上把石頭敲破。我這麼做本來只是為了把石頭敲碎成較銳利而方便起火的大小形狀，不過光是這時候就已經可以看到它爆出火花啦。看來姑且是OK了。

（接下來——必須快點去收集木柴才行。）

我對有如紅寶石般被染成一片紅紫色的天空感到焦急的同時，走到小島北側撿起掉在那裡的白色漂流木樹枝。

漂流木沒有砍伐的必要，而且水分也已經蒸發，是相當理想的燃料。即使表面部分被剛才那場雨淋溼，不過從撿起時的重量就可以知道內部是乾燥的。雖然並不是可以無限取用的東西，但因為剛才我還去找了打火石，到天黑之前已經沒什麼時間，所以我這次就拿來用吧。畢竟剛從樹上砍下來的木柴很難燃燒啊。

我將木柴搬到剛才決定為生火地點的西南側海灘後，很快將木柴折斷或是把短刀砍在上面並用棒子敲打劈開，統一木柴的長短大小再堆疊起來。

木柴的堆疊方式也有很多種，像營火晚會上大家比較熟悉的那種讓火可以燒得很高的木屋式堆法，為了長時間保持小火而將木柴排列成放射狀的星形火式堆法，適於做料理的長火式堆法等等各式各樣的堆疊法，不過這次我選擇了燃燒效率較好、即使用溼掉的木柴也能燃燒的梯皮式——也就是將木柴像半開的雨傘一樣堆成圓錐狀的方式。

在這個像是美洲原住民的梯皮（Teepee）帳篷縮小版的木堆內側放入生火用的小樹枝與木片之後……

（快點，等到天黑就完蛋了。要是沒有光源，我就啥都沒辦法做啦。畢竟這地方連顆燈泡都沒有——）

我努力壓抑著這樣焦急的心情，從褲子口袋底部拔出像棉絮一樣的碎線頭，撒上剛才劈開漂流木時產生的木屑，放到枯葉上——再用折疊起來的短刀邊緣敲擊打火石的邊角，有耐心地讓爆出的小火花一次又一次落到線頭上。讓手腕處保持柔軟，反覆敲打，反覆敲打……喀！喀！喀！……

「……好……！」

從線頭開始冒出淡淡的煙了，是代表點火成功的信號。於是我小心翼翼地拿起枯葉當成的托盤，對成為火源的線頭與木屑輕輕吹氣，送入氧氣……

隨著「轟」的一聲，枯葉燃燒起來了。我接著將這火種放進剛才堆好的木柴堆內側──

……總算把火生起來啦。

還真是費了我好大的功夫。前後花了將近二十分鐘。這種事情如果有一根火柴，明明只要一秒鐘就能辦到地說。

幾乎就在營火燒得紅起來的同時，太陽沉下去了。真是驚險。

接著一如我剛才所擔心的，島上隨著日落而變得黑暗到教人恐懼。感覺就像太陽光在水平線的地方忽然ＯＮ／ＯＦＦ一樣。

「……」

光是把火生起來就讓我覺得好像恢復了一些活力，但是周圍這麼暗，能做的事情也很少。

雖然會有點偷工減料，不過今晚的睡床就用姑且能夠遮風避雨的A字型避難所吧。

首先要準備比自己身高還要長的樹枝──因為現在手邊沒有砍伐工具，所以我靠手機的螢幕背光去尋找細長型的漂流木──拖來兩根，把前端勾在一棵矮樹的樹枝分岔處，將後端展開成A字型。

骨架部分只要這樣就行。接著在上面鋪上其他帶有葉片的樹枝做成屋頂就完成了。我看了一下裡面的空間，只要把膝蓋彎起來應該就能躺下。太好啦。畢竟就算我是個到什麼地方都能睡的人，也沒辦法坐著睡覺啊。又不是蕾姬。

剩下就是把大約有滑板大小的香蕉葉鋪在地上當成床鋪，或者說是當成隔熱墊。雖然說直接睡地上會容易喪失體溫，並不是很好。本來睡床應該要做一塊地板懸空才對的……但只有一晚就忍耐一下吧。

我原本在東京的時候是晚上，跳躍到這邊時是清晨，然後又一直清醒到晚上。可是——

因為肚子餓的緣故，讓我一點都不想睡。

（從十二小時前吃的那餐冷凍蛋包飯之後，我就什麼都沒吃啦……）

話雖如此，但遇到飲用水缺乏的時候，還是不要吃太多東西比較好。因為人體只要吃了東西就會分泌消化液，等於就是在消耗體內的水分。

像這樣什麼事也不做地躺著，就會不禁悲歎起自己被送到這種無人島的不幸，讓心情變得鬱悶。

到底什麼時候會有船或飛機經過？而且經過的時候會發現這裡有漂流者嗎？對這些事情都無從預測的狀況下……就會忍不住覺得那種事搞不好永遠都不會發生——精

神上都快被打敗了。

（停下來啊，金次，別去想那種事情。負面思考一點都沒有好處。）

就這樣……怎麼也睡不著的我，一方面也為了能轉移注意力……

我爬出漂流木搭成的避難處，來到營火旁清點了一下剛才撿來的書包中還有裝什麼東西。

然而我畢竟是個不幸程度眾所皆知的人，像筆型手電筒啦、繩索啦、GⅢ給我的夜視眼鏡等等在野外求生中應該會有用的道具，全都從書包的破洞掉到大海去了。

不過書包上的破洞還算小，體積較大的東西都還留著。這書包裡的東西當初是為了從高尾基地救出金天而整理的，也有考慮到過程中需要潛入或逃亡的可能性──因此裝有萬一被警察盤問的時候可以用的參考書、筆記本與鉛筆盒。另外還有想到救出之後可以給金天穿的防彈水手服也裝在裡面。

（……在這種狀況中居然只有帶小女孩穿的衣服，簡直像個大變態嘛……）

話雖如此，但我還是把水手服跟著我的衣服一起晾在避難處裡了。畢竟布料在很多方面都能派上用場。

接著，我把裝武偵彈的盒子中積的海水和沙子倒乾淨──也把彈匣裡的子彈都拿出來，一顆一顆用葉子擦拭後，放到跟營火有點距離的避難處晾乾。雖然現代的子彈即使被弄溼也照樣可以發射，但畢竟海水乾掉之後留下的鹽很可能會成為卡彈的原因啊。

其實像裝在夾克內的護具彈匣也應該要把子彈都拿出來將鹽巴洗掉，手槍也應該拆開清洗才行……但現在清水不夠用，等明天以後再說好了。

（武偵手冊留在大哥家沒有掉到海中，算是不幸中的大幸吧……）

我嘆著氣回到營火旁，抱著大腿坐在沙灘上——便看到黑暗的天空上有數不清的星星在閃爍，宛如科幻電影的宇宙空間一樣。

紅色或藍色的星星也都能看到，銀河更是亮得耀眼。而且不只上空，連水平線附近也有大量閃耀的星星。能夠橫向看到星空，還真是新鮮的體驗。畢竟如果是在日本，星空通常都會在建築物的屋頂或山脈處就被切斷。

我試著在那片星空中尋找北極星——可是找不到。

取而代之地，我看到了南十字星。代表這裡位於南半球，也太糟糕了吧。

（從這片星空雖然可以看出大致上的緯度……但還是不知道正確的位置啊。）

周圍能看到的光線只有那些星星，島嶼和大海現在都暗得可怕，甚至會讓人產生一種只有營火附近有陸地，其他全部都被消滅掉的錯覺。明明白天的時候視野中還能看到沙灘、樹木或岩石等等各式各樣的東西地說。

另外，也沒有聲音。能夠聽到的只有海浪聲。既沒有人的聲音，也沒有電視或收音機的聲音。

在這樣一片黑暗與寂靜中，我默默抱著大腿坐在地上。忽然——啪嘰！——

我聽到有什麼踩到沙灘上漂流木樹枝的聲音。

野生動物嗎？不對，那應該會害怕火而不敢靠近才對。是尼莫……！

於是我抬起頭，在一片昏暗中──確實可以看到尼莫走過來的身影。

（……！……）

糟了。我的防彈夾克現在晾在避難處裡。雖然是立刻就能拿到的距離，但對方搞不好光是看到我有動作就會開槍。畢竟那傢伙身上有槍啊。

我如此想著並仔細一看，發現大概是靠星光從大島走過來的尼莫手中……握的不是槍，而是一根棒子。那是什麼？

「──你、你是原始人嗎！為什麼上半身光溜溜的！快點遮起來呀！」

尼莫走近到營火邊見到我，一下子就臉紅抱怨起來。而她自己身上確實就算在這樣的無人島上也把軍服的皺紋都盡可能拉平，金色的鈕釦也都全部整齊扣好呢。

「我才想問妳穿成那樣不會熱嗎？竟然連衣領都用領帶束得緊緊的。」

「我可是高貴的尼莫家的淑女，而且現在是深夜來造訪一名禽獸般的男人獨居的家。當然要做好最大限度的防備。」

她到底在講什麼鬼話？不過她因為看到我赤裸上半身而失去冷靜也是件好事。多虧如此讓我可以輕輕鬆鬆去把防彈夾克拿過來披到身上了。

「然後呢……妳在這裡做什麼？」

「把火交出來。」

……嗯？

哦哦，這傢伙身上也沒有帶打火機或火柴之類的東西啊。畢竟她看起來應該也沒抽菸。

然後她看到我營火的煙跟光線，所以跑來跟我要火了。

「妳休想。這是我的火。妳自己去找棒子跟木板鑽木取火啦。」

我現在可是穿上防彈服不用怕了。誰要乖乖聽敵人講的話啦。

「分點火給我又不會少你什麼！而且鑽木取火我已經試過了，火生不起來呀！」

啊，尼莫小姐，妳是不是有點在哭？噗噗噗。哎呀，畢竟這島上到了夜晚這麼黑，也難怪妳會害怕不安啦。活該。好，我再捉弄她一下好了。

「妳不是很想回到過去嗎？那就像石器時代那樣做啊。我告訴妳訣竅，就是用兩手夾著木棒抵在板子上鑽的時候，要注意別讓手越轉越下面。還有事先把棒子的前端拿到頭髮或鼻子上擦一擦，就能沾點油脂當成潤滑劑囉。」

「廢話少說，快點交出來！」

尼莫這下才把槍拔了出來，但或許是子彈剩得不多，並沒有開槍嚇唬。

「沒辦法使用次次元水晶的妳，以為可以在槍戰中贏過我嗎？」

我這句發言雖然有一半是為了套話，不過——尼莫頓時「嗚嗚嗚……」一地露出咬牙切齒的表情把槍放下，收回屁股槍套了。

果然……尼莫現在沒辦法使用超超能力。

不只如此，既然是魔女應該輕輕鬆鬆就能生火的，可是她似乎連這點也辦不到。

「——如果妳想要火，就跟我來場交易。」

想要詳細知道這方面情報的我，對尼莫如此提議後……

「你、你總不會想說這座島上沒有別人，就對我提出什麼奇怪的要求吧？我很清楚自己的外觀看起來很年幼，然後你這傢伙又很喜歡年幼的女孩——」

尼莫軍帽下的臉蛋頓時變得通紅，還用手緊緊抓住軍服的扣合處保護自己胸口。

那是對我的誤解啊！我雖然想這麼抗議，但畢竟我在魚鷹旋翼機上就一把摸過她的胸部。而且包含亞莉亞在內，我對玉藻、猴、霸美、莎拉、梅露愛特、LOO等等「那類型」的對象都有過太多爆發或爆發未遂的前科，讓我實在難以否認。

剛才看到尼莫倒在沙灘上的時候，我也注意到她的外觀以那類型的女生來講是超可愛的……等等，不是這樣啊。

「不對啦。我想拿火跟妳交換的是情報。不用說妳也應該知道，我現在有一堆問題想要問妳。」

「……也好，你就問吧。不過在戰略上也有我不能回答你的事情喔。」

因為不想在黑暗中過夜而感覺有點拚命的尼莫，表現出願意接受交涉的態度了。

很好——

「妳是個超能力者，以我的理解來講就是個魔女。但是剛才交手的時候妳沒有使用魔術，現在也沒有靠瞬間移動自己一個人回去，甚至連個火都生不起來。為什麼？」

「你有臉問我那種事？這全都是你害的呀，遠山金次。」

聽到我的問題，尼莫一臉憤恨地如此回應。

「我害的……？」

「就是因為在魚鷹上，你這傢伙、呃、對、對我做出了無禮的舉動！結果就害我在陽位相跳躍上失誤了。因為會出現在不是原先設定好位相的時空，而且時間上也只能跳躍十小時左右，為了不要讓出口出現在宇宙空間或地底，我只能勉強重新計算再設定──讓我的超能力力量全部都耗光啦。」

雖然她講的超能力用語我聽不懂……但總之就是像勇者鬥惡龍所謂MP為0的狀態嗎？

以我的理解來說，超能力者就像汽車一樣──各自是透過補充某種燃料來施展法術。而大家的燃料來源都不太一樣，例如說希爾達是電力，梅雅是酒，ZⅡ是從空氣中攝取，亞莉亞和佩特拉則是從色金獲得力量。因此……

「既然耗光那再重新蓄積不就好了。妳是靠什麼獲得魔力的，告訴我。」

我為了指望尼莫的瞬間移動而詢問她這點，可是她卻……

「這我不能回答。」

大概是基於戰略上的考量，她不願意告訴我。

哎呀，畢竟我和尼莫是敵對立場，這也是沒辦法的。那我就換個方式問吧。

「到妳能夠使用瞬間移動還需要多少時間？二十四小時嗎？四十八小時嗎？給我個預估的時間。」

「只要我告訴你，你就會給我火了嗎？」

「可以。不過妳要向妳最引以為傲的東西發誓，老實回答。」

「那麼我就向N發誓。陽位相跳躍，也就是你講的瞬間移動需要龐大的力量——我無法估算需要多久才能恢復。在這地方或許要一年，甚至可能要兩年的時間。」

「呃、喂。」

就在我不禁慌張抬頭的時候……

「火我借走啦。」

尼莫一副「你沒資格跟我抗議」似地——把她握在手中的棒子前端舉到我的營火上點火了。

2彈　如果只能帶一樣東西到無人島

——誰要跟尼莫那種傢伙在無人島上獨處一年兩年啦。

這下我只能靠自己的力量找到船隻或飛機了。雖然在這種地方能夠發現船隻或飛機經過不知道會是下週還是下下週，總之我必須活到那時候才行。

如此下定決心的絕望之夜過去後——隨著天空被染成一片薔薇色的黎明，我開始了在這座島上的生活。我不得不開始。

昨晚睡覺的時候我被爬過肚子或臉上的小螃蟹弄醒好幾次，然而比起睡眠不足，現在更嚴重的問題是飲水不足跟糧食不足。雖然一天不吃不喝還勉強能夠撐過來，但既然已經知道無法立刻從這裡逃脫，我首先就必須準備這些東西。

值得慶幸的是這裡並非什麼冰原或沙漠，而是會生長出各種東西的土地。只要有足夠的知識能夠利用土地生產的東西，個人就算沒有小刀沒有帳篷也能活下去。相對地如果缺乏那樣的生存能力，即便有再方便的道具也可能在富饒的土地死去。

除了「水」與「糧食」之外，準備中安全的睡床——也就是搭建「屋子」，同樣是當務之急。因此……

「呃～……這把手槍的槍身是一二五公厘，所以放大八倍就是一公尺……」

我首先把內藏在腰帶扣環中的繩索拉出來，用筆在上面畫記號做成量尺。房屋的設計圖已經畫在用營火烘乾的筆記本上，需要的材料數量也已經計算完畢，但是從島上收集這些材料的時候需要能夠測量長度的東西才行。畢竟要是採集了根本不必要的分量搬回來——等於就是白白浪費時間。

野外求生是與時間的戰鬥。我今天必須在天黑之前準備好水、糧食與屋子才行。從日出的那一瞬間起，生存的倒數計時就已經開始了。

「好，出發……！」

要帶在身上的東西有短刀、筆記本與鉛筆，用香蕉葉的莖替換壞掉的背帶金屬環、用葉片補起破洞的書包。以及為了當發現船隻或飛機時可以發出求救信號而裝了煙霧彈的手槍。

雖然沒有指南針跟水壺，不過本來就沒有的東西再怎麼去想也沒意義。反正據說與大自然一同生存的印第安人在踏上旅途的時候，除了鞋子和腰帶之外什麼東西都沒有帶。相較起來我現在身上帶的東西可多了。

這座小島雖然環境不錯，然而物資缺乏。沒有可以收集淡水的河川或水池，亞歷山大椰子樹與蘇鐵也都不適於當成建材。因此我離開小島，走在通往大島的沙灘上……

真是好兆頭，我在清晨的陽光下發現了個好東西。是圓盤型的海洋生物——石芝珊瑚。

在奄美大島也能發現的這種像褐色飛盤的生物，是珊瑚的一種。拿起來會流出透明的汁液，是石芝珊瑚本身為了從紫外線中保護自己的生命而分泌的液體。換句話說，就是一種防晒油。有種說法是說，這東西大約有SPF50左右的效果。

「就分給我一點吧。」

因為太熱而脫掉夾克的我——將石芝珊瑚的體液塗在從襯衫露出來的頸部周圍與胸口。雖然以前我沒有塗過，不過這東西塗起來很清爽，也沒有氣味。另外，只是取了一點體液並不會讓石芝珊瑚受到任何一點傷害。在我習慣這個環境之前，就偶爾來藉助牠的力量吧。

——逐漸開始變藍的天空萬里無雲。看來今天的陽光會比昨天強，應該會很熱吧。

在酷熱的環境中到處走動的話，人體約一個小時會喪失兩公升的水分。從日出之後才一個小時就飆高到體感三十度以上的氣溫，雖然會讓人很想把襯衫都脫掉，但那其實反而是會妨礙汗水蒸發使體溫上升的危險行為，必須小心。

（——最優先必須準備的東西，是水。）

在熱帶地區，包含食物中的水分在內——如果一天沒有攝取到七公升的水，就會開始出現脫水症狀。而大家都知道，脫水症狀有可能導致喪命。昨天我雖然有喝過用硨磲貝殼收集的雨水，但那水量連有沒有五百毫升都不知道。

我現在其實喉嚨乾得要命，然而要是因為受不了口渴而喝了海水，反而會導致肝衰竭而死。因此我現在必須努力在這座大島上找到可以採集淡水的地方。這裡肯定會有水。畢竟這是個大到無法從海灘觀望整體的島，植物又生長得這麼茂密，可見一定有豐富的淡水資源才對。

（如果是在東京，扭開水龍頭就會有水的說……路邊也有一堆自動販賣機——）

我想到這邊，不禁咂了一下舌頭。就算找到水，我也沒有可以搬運液體的道具。

該死！平常總是毫不猶豫就丟掉的空寶特瓶，現在就算只有一瓶我也想要啊。

不管怎麼說，我首先還是為了尋找水源而進入叢林。眼前的視野頓時被縱橫斜向密集生長的植物遮掩，讓人有種快窒息的錯覺——像這種時候就不應該把注意力放在眼前的植物，而是要透過縫隙看向前方。如此一來即便是些微的物體移動也能發現，進而大範圍掌握整片森林的狀況。

（……水呢……水在哪裡……）

我用短刀切開藤蔓或草叢，走了一個小時、兩個小時——腦袋漸漸模糊，變得除了水以外的事情都無法思考了。是脫水症狀初期的典型症狀啊。

口渴比起飢餓更加讓人難以忍受。明明四周被無邊無際的海水圍繞，頭上是青綠的樹木，腳下是溼潤的泥土，但卻找不到可以喝的水。腦袋都快發瘋了。雖然關於這點有很多種說法，不過我聽說因為口渴就喝自己的血或尿反而會讓脫水症狀變得更嚴重的樣子。

或許在這附近挖個洞就能湧出水來，可是那樣做需要有鏟子、鐵鎬以及把土搬出洞的籠子才行。而且就算有了那些工具，也不知道要挖上幾天才能挖到水井——

「……哦……！」

太好啦。在地圖上為了提醒注意而標有「尼莫海灘」的大島南側沙灘附近的叢林中，長滿樹根的低矮懸崖下方——有地下水湧出來形成的水灘。

我立刻開心地撲過去，把臉靠近……但是不行。如果只是泥水，上面澄清的部分還可以喝，但是這水灘散發出鹼性石膏的異臭，跟毒是一樣的。

不過這是因為這懸崖土壤導致的。既然會有地下水流出來，代表這懸崖上面應該有水源。於是我抱著希望，抓住樹根爬上一點五公尺高的懸崖。

在崖上長滿以割開樹幹就會流出橡膠而聞名的橡膠樹。我鑽過樹木間的縫隙往前走……漸漸可以聞到水蒸氣的氣味啦。而且我鼻子很靈，連方向也能聞出來。以前從沒有派上過用場的這項長處，現在終於得到活用了。

接著總算——

樹林稍微變得寬敞，讓我看到枝葉間透下的陽光一閃一閃的反射光芒。是水面。

……泉水……是泉水啊！

我撥開門簾似的藤蔓總算抵達的泉水，因水中富含礦物質而呈現如藍寶石般的青藍色。池底美麗的白色物質是鈣質沉澱形成的東西。這不只是喝了沒有問題，而且明顯是優良水質啊。大概是雨水在山中過濾之後湧出來的這池泉水，透明度高到讓人不禁看得入迷。泉水呈現彎月形，從叢林枝葉遮住而看不到的方向還傳來落水的聲音，是瀑布。也就是說，這裡非常有可能有河川的意思。好，我就去確認看看。

於是我努力撥開枝葉與藤蔓植物，繞到另一側……結果在草木旁邊……

（……？）

有一套軍服摺得整整齊齊擺在那裡。

那很明顯是尼莫的衣服，在上面還有一頂軍帽，以及……櫻桃花紋但不知是什麼玩意的白色小布摺成圓圓地放在上面。手帕嗎？

就算現在是沒有毛巾也沒有床單的生活，我也不是什麼會狠心到連尼莫的衣服都搶走的魔鬼。但這塊應該是100%純棉的小布我就搶走吧。雖然花紋有點太過可愛，不過棉布是可以從葉子上吸收早晨的露水，再擠出來補充水分用的便利道具啊。

就在我拿著那塊布抬起頭的時候——

「……嗚……！」

「——！」

四目相交了。我和見到我而明顯嚇了一大跳的尼莫。

在泉水的角落有一道瀑布，而尼莫正在那瀑布下沖澡——因此我和尼莫都沒有第一時間發現對方。而從瀑布下轉回頭看向我的尼莫……

全身光溜溜。

明明身高那麼矮卻凹凸有致的線條，白人美少女特有的白皙透徹肌膚。解開雙馬尾後其實帶有些微的捲度，不過那樣超級可愛的水藍色秀髮。睜大而僵硬的琉璃色眼眸。

全貌中沒有其他任何顏色。換句話說，現在看見的就是只有尼莫本體的顏色。因為雖然又要再重複強調，不過尼莫現在是全裸，而戴有紅色勳章或金色鈕釦的那件軍服則是放在我這裡。

——對啊！既然衣服都放在這裡，就代表尼莫提督小妹妹現在是光溜溜啊！雖然我不知道自己是因為看到女生全裸而不自覺想要從高壓力狀況中逃避現實還是怎樣，但是連這種初步的基礎推理都做不到的自己也未免太讓人傻眼了吧！這樣根本就考不上東大了喔？雖然我想考試不會出這種問題啦！

「你、你這人渣……！居、居然跑來找我，然後躲起來埋伏等待我變得毫無防備嗎！就算這裡是不管怎麼叫都不會有人來的地方，你、你竟然又想對我做出不知廉恥的惡作劇行為——呀！把把把那還給我！你你你你為什麼要拿著那個東西！」

途中一瞬間發出超級像普通女孩子尖叫聲的尼莫見到我手中拿著櫻桃花紋的手帕，不知道為什麼急速臉紅起來。因為她是個白人，顏色變化明顯到不行呢。像亞莉亞也是經常會一口氣變紅，原來那一方面也是因為人種的關係啊。

等等，現在不是講那種感想的時候！警戒心高的尼莫已經抓起她放在一旁岩石上的手槍，單腳跪下來毫不猶豫地瞄準我額頭啦！

「別、別開槍別開槍！我、我——我在找的不是妳！我只是在找水啊！」

「這裡的水是我的東西！一滴都休想我分給你！」

「從那瀑布上流出那麼多，分一些給我又不會少妳什麼……！」

昨天是火，今天是水。我和尼莫明明是在這島上僅有兩名的人類，卻老是反覆爭鬥。而且在這樣的極限狀態下，我甚至從人類轉變成了魔鬼……

「我已經口渴得要命了，如果妳不給我水，我就把這軍服拿去燒掉！」

「你、你這傢伙——！」

大概是害怕衣服真的被我搶走的緣故，依舊一臉憤怒的尼莫把槍口往上舉高了。

順道一提，現在的尼莫是用一隻手遮住兩邊胸部，另一隻手握著槍，因此光溜溜的下半身毫無防備。不過因為那部分現在是在水面底下，隔著搖曳的水波讓我看不清楚詳細模樣，在爆發方面算是勉強過關。

「……要我把衣服還給妳沒問題，但這塊布我就拿走了。這可以用來喝水啊。」

我說著，把像是手帕的那塊櫻桃花紋小布亮到眼前。結果——

「為為為為為什麼！為什麼！為什麼要那樣！你到底是什麼意思！」

尼莫忽然睜大她圓滾滾的眼睛，水藍色的秀髮也「唰」地散開，對我大呼小叫起來。

而且不只是臉蛋而已，連肩膀都瞬間充血變成粉紅色了。

呃……有必要慌張成那樣嗎……？我不禁感到疑惑，而重新仔細觀察手上這塊

布……

（……嗚……！）

這、這、這個……不是手帕……是內褲啊！居然想要用這種東西採收露水什麼的，變態等級也未免太高了吧！在衛生方面也有問題啊！

「抱、抱、這、抱歉！我、以為、手帕什麼的——！」

變得彷彿被以前的中空知附身的我，從終於忍不住開槍的尼莫面前全力逃跑了。雖然因為沒喝到水，感覺隨時都要死了，但我現在要是不逃跑就立刻會死啦！

話說回來——尼莫似乎也是為了找水而進入山中，可是找到水之後居然馬上就清洗身體。

像這種部分，她果然……是個普通的女孩子呢。我一直以來都覺得她是N的提督，是個像邪惡大魔王一樣的女人的說。真是讓人印象錯亂啊。

後來我在泉水附近的溪谷發現沿著長青苔的岩石流下來的清水，於是一點一滴舔到肚子飽了。

其實為了預防雜菌造成的飲水中毒，應該要把水煮沸過再喝會比較好，但畢竟現在連個鍋子都沒有啊。

不管怎麼說，看來這裡果然是一座水資源豐富的島嶼，我就把這地方取名為「苔水」，跟「尼莫之泉」一起標記在地圖上吧。反正流動的水不會臭掉，只要不因為下雨而混濁，隨時都可以來採水。

（太陽……已經升到天頂附近。）

差不多要到正中午了。我光是為了喝個水，就花掉五個小時的時間啦。在大中午的炎熱天氣中要是急忙到處走動，會讓好不容易攝取的水分又化為汗水流失掉。所以從現在開始的這段時間，我就慢慢走吧。

——多虧知道了水源的位置，讓能夠生存的時間獲得延長了。然而要是沒有糧食跟住屋，還是會跟沒有水的時候一樣被逼到絕路。當中尤其是糧食方面，剛開始的處理特別重要。

習慣於過度攝取熱量的現代人要是突然開始像原始人一樣的飲食生活，很可能罹患急性的營養失調症。因此在身體習慣於低營養的飲食之前，反而應該要好好吃食才行。

而我在山中尋找糧食的同時，也順便尋找屋子的建材，並且在過程中盡可能繪製島嶼的地圖。藉由同時進行兩、三樣工作，節約移動所要耗費的體力。

就這樣，我在大島的山中到處走了一遍……不過這座叢林的地形起伏很大，應該沒辦法全部探索完。像是斷崖、峽谷或是樹木太過茂密而難以進入的區域也很多。

尤其是東北側的那座岩石山，我連進去都不太敢進去。因為除了這些天然的阻隔地形之外，那裡還可以看到不知是什麼東西的白煙。雖然有可能只是無害的蒸氣，但萬一是有毒的火山性氣體就危險了。因此東北側的那座岩石山還是等我稍微習慣這座島之後再重新探索吧。

目前暫時就把採集區域定在大島西、南、東側的低矮地區，尋找糧食——

不過在這邊要注意的，就是應該要找什麼樣的糧食。

人類其實只要想吃什麼東西都能吃，就連樹根也照樣可以吃。只要不是在極地或沙漠，通常不會有完全找不到糧食吃的環境。甚至應該說，這座島嶼的糧食相當豐富。

即便如此卻依然會有遇難者最後餓死——原因就在於熱量的出入問題。

例如我走在這片叢林中，有看到好幾隻蝴蝶或蚱蜢之類的蟲。昆蟲的蛋白質比例比牛肉還高，算是很優秀的糧食，然而不但難抓，可食的部分又很少。光是為了抓一隻蚱蜢跑來跑去所消耗的熱量就會超過能夠攝取到的熱量，造成損失。而且昆蟲身上都是有害雜菌，必須經過仔細烹飪之後才能吃。就連在那樣的烹飪過程中，人體的基礎代謝也會每小時消耗掉五十~七十大卡的熱量。

也就是說，把蟲類當成主食捕捉會在熱量上造成嚴重虧本，是讓自己漸漸邁向死亡的行為。根據同樣的理由，全身都是皮而頂多只有尾巴可以吃的蜥蜴、可能有被咬風險的蛇以及動作敏捷的老鼠都不是很好的糧食來源。

那麼用弓箭狩獵野鹿或野豬如何？通常那樣的大型獵物不是隨隨便便可以找到……至少我在這座島上還沒看到過任何顯示有那類動物棲息的足跡、糞便、泥浴池之類的痕跡。而且就算運氣很好真的讓我獵捕到那類野獸，只要吃掉就沒了，等下一隻野鹿成長需要花上兩年，野豬要花上五年的時間。再加上獵殺那樣的大型野獸會讓生態系產生巨大的空洞，如果是孤島甚至可能因此讓環境劇烈改變，搞不好反而逼死將來的自己。

基於這些原因，在目前這種狀況下應該採集的糧食——首先是植物。

因此我趁著白天到處尋找可以食用的植物，或者應該說剛才一路走過來時我已經在地圖上標記了可食用植物的位置，所以現在照著地圖走在大島上……

首先來到東側海灘再稍微靠岸上的地方，把生長得多到不行的番杏裝進包包。番杏是一種即使在鹽分很高的土地也能生長的植物，外觀呈現藤蔓狀覆蓋在岩石上。葉片多肉且富含礦物質，在日本沖繩也會被當成菜類食用。

在南側叢林幾棵像桑樹的巨樹底下，我撿到了大概是因為昨天的風雨而掉落下來如手球般大的果實。雖然我是第一次看到實物，不過這個具特徵性的龜甲紋路外皮，我在電影上有看過。是十八世紀被當成奴隸的糧食，從大溪地被運送到牙買加而出名的麵包樹果實。我用短刀挖出果肉嘗了一下味道，發現明明是長在樹上的果實卻有像薯類一樣的澱粉味道。既像馬鈴薯，又像芋頭，也像番薯。不管怎麼說，只要加熱料理之後肯定會很好吃。

至於在西側的沼澤地則是生長有真正的薯類——山薯。雖然量很少，但這是很優秀的熱量來源，而且根菜沒有苦味，很好下嚥。

（還有這個……哎呀，還是算了吧。）

另外在叢林中到處可以看到但我沒有採集的就是……菇類。

雖然菇類很好吃而且營養豐富，但是食用菇和毒菇之間很難區別，甚至連專家也有可能認錯。因此就算發現看起來可以吃的菇類，外行人還是不要隨便吃進嘴巴比較好。

後來我在悶熱的叢林中找到橄欖類的樹，從樹上只長幾顆很像橄欖的果實中摘了兩、三顆的時候——

（……？）

我感覺到了視線。不知不覺間被對方靠得很近，然而不是人類。

——我「唰」地看向氣息傳來的方向……結果跟對方四目相交，彼此呆住。

抓在橄欖樹枝上的，是一隻小到可以放在手掌上的小猴子。像蕾姬一樣目不轉睛盯著我的雙眼又大又可愛，美麗的橘紅色體毛充滿光澤，被枝葉縫隙間灑下的陽光照耀的部分甚至閃耀著金色的光彩。

「……原來這裡是你的地盤嗎？抱歉，不過就分一些給我吧。我不會全部採光害你沒得吃的。」

雖然對方是動物，但畢竟我幾乎一整天沒講過話的關係——於是對小猴子笑了一下，向牠道歉。

小猴子則只是默默盯著我，然後「吱」地發出一聲尖銳的叫聲爬到樹枝上去了。

看來牠的巢就在那裡的樣子。

在太陽升到天頂時我調整為十二點的手錶，現在已經是十四點。雖然糧食還不算充分，但按照預定時間我也差不多該開始收集築巢——也就是建屋子用的材料啦。

我的計畫是將木材互相接合起來搭建屋子，然而現在沒有釘子，讓木材與木材彼此咬合的組裝手法又需要相當高度的專門技術。因此我只能選擇用繩索將木材互相綁起來了。

根據我的計算，搭建一間小屋總計需要二十三公尺的強韌繩索。我內藏在腰帶的繩索沒有那麼長，而且這是我要拿來測量長度跟攀爬時使用的東西——所以全部的繩索我都必須從大自然中準備。

話雖如此，但其實這也不是什麼難事，畢竟叢林中的植物有一半都是藤蔓類。我剛剛在尋找糧食的時候，就已經把看起來可以使用的藤蔓類生長的地方全都記錄在地圖上了。

首先是據說人猿會在樹上築巢的絞殺植物。從那榕屬的巨樹上垂下有好幾百根甚至比一般劣質繩索還要牢固的藤蔓，於是我用短刀切下了必要的分量當成粗繩。

至於適合拿來當細繩的，則是叢生的蕁麻。這種草的莖雖然柔軟，卻強韌得怎麼拉都拉不斷，古代人甚至會拿來做成弓弦。不過表面的刺毛含有組織胺毒素，在採集的時候必須十分小心。

就這樣，我為了不要讓採集來的繩索纏在一起而把它們捲成圓環狀，並斜掛在肩上運送的時候……

呃！在叢林西南部的草叢另一側，我看到身穿軍服的身影。是尼莫啊。

因為距離還很遠，對方並沒有發現我。不過她好像一副很想要什麼東西似地抬頭望著樹上。

（……哦……那是、椰子啊……！）

在大約只有六公尺而不算太高的椰子樹上，長有看起來很美味的果實。從尼莫抓起小石頭往上扔的動作看來，她應該是想要摘那果實吧。

可是椰子樹沒有可以抓的樹枝，很難攀爬。那麼大顆的椰子也不是被小石頭扔到幾下就會掉下去的程度。更何況她根本沒扔到。

尼莫接著又拔出手槍瞄準，但或許是為了節省子彈而作罷……轉身離開到叢林裡去了。

緊接著便輪到我在椰子樹下登場。從手上大量的藤蔓中抽出一根，做成直徑40公分×2的8字形圓環。只要將那圓環套在左右腳再抱到樹上，即使樹皮光滑也能增加摩擦力，輕鬆往上爬了。居然連這種事情都不曉得，看來尼莫果然是個養尊處優的大小姐啊。

對於這種事情其實很拿手的我，像隻猴子一樣快速爬上樹——

「成功啦。採到椰子了……！」

雖然因為纖維密集讓我費了點功夫，不過還是用刀子在採下來的椰子果上開了個洞。

椰子中含有人體吸收速度比水還快、像營養補給飲料一樣的果汁——呈現液狀的胚乳。還有果肉——固狀胚乳則有很高的熱量，而且不需要經過烹調就能食用。

我就這樣暢飲果實內的果汁，再用刀子挖出果肉稀里呼嚕吃著……

真是太好吃啦～！沒想到在這樣有如地獄的環境中可以吃到這樣甘甜的美食，簡直像在做夢一樣。

更重要的是，這個果實吃完之後可以當成水壺。這下我夢寐以求的「運水道具」也得手了。

雖然椰子吃太多會吃壞肚子所以我只吃了一顆，不過我就再摘一顆當土產帶回小島吧。畢竟椰子不容易壞掉，很好保存。

於是我用短刀採收著另一顆果實的時候——

「——那是我發現的東西！你不准吃！」

從下方遠處忽然傳來氣呼呼的大叫聲。

我低頭一看，發現尼莫提督閣下正揮動著她的短劍，表現得相當氣憤。

「哎呀～這還真好吃。」

反正那把劍也砍不到我，於是我故意當著她的面繼續吃起剩下的椰子肉。

此刻的心情就像猴蟹大戰中的猴子呢，要不要我拿還不能吃的青色果實丟她好了？

「你……你這傢伙……！交出來！給我交出來！」

哦～好生氣好生氣呢。可是都不對我開槍是吧。畢竟她那把 Le Français 只是備用槍，果然沒有攜帶足夠的子彈。我遠山金次，來到無人島一報在羽田上空被開槍亂打之仇啦。痛快痛快。

而且……噗噗噗，我差不多來告訴她吧。

其實我從剛才就注意到了，在尼莫的肩膀上有一條蜈蚣啊。

「喂，尼莫，妳左邊的肩章上多了個很帥氣的徽章嘛。是晉升了嗎？」

聽到我這麼說，尼莫嘀咕一聲「什麼？」並看向自己左肩——結果女生討厭蜈蚣似乎是萬國共通的事情……

「嗚！」

尼莫當場臉色發青，剛好跟她水藍色的雙馬尾一樣顏色呢。

「要是妳亂動可能會被咬喔。還有我剛才也看到這附近有蠍子呢。」

前半段姑且不說，但後半段是我騙她的。然而把頭遠離左肩，大概連看都不想看到蜈蚣而緊緊閉上眼睛的尼莫接著……

「嗚、嗚、嗚嗚……嗚。」

被我嚇唬得更加害怕，全身僵住了。深藍色百褶裙下的雙腳還縮成內八，不斷發抖。

趁這個機會輕鬆從樹上爬下來的我，看她有點太可憐而幫她把蜈蚣抓走了。可是……

「嗚、嗚嗚、嗚。」

尼莫根本沒發現蜈蚣已經被拿掉，還是緊閉著眼睛動也不敢動。光是看到蟲就怕成這副德行，要在這種地方生活肯定會很辛苦吧。

哎呀，雖然也多虧如此讓我沒有被她砍，可以輕鬆開溜就是了啦。

就這樣，我踏著愉快的步伐走向西邊——卻在一處被低矮草叢遮住而沒看到的斜坡滑了下去。斜坡上生長的堅硬植物啪唰啪唰地撞到我身體，讓我像顆小鋼珠一樣又滾又跳，最後甚至狠狠撞到胯下害我差點昏了過去。

「痛、痛痛痛……」

……我、我只不過是捉弄一下女孩子，這天譴也太狠了吧，神明大人……？

正當我這麼想的時候，看來這天譴果然太過度的樣子，結果島上的神明賜給了我補償的東西啦。

我剛才撞到好幾次的那個植物——是竹子！

雖然沒有像巨竹那麼粗……不過大概是巨竹亞種的粗大竹子叢生在這片斜坡上。

這可是好東西。竹子是綁成一束可以當成堅固的柱子，排成一面又能當成地板或牆壁的便利建材。我本來是打算用其他較細的樹木建屋子，不過這下就換成用竹子當主要材料吧。

在一片藍天下，白色的沙灘上——

我肩膀掛著藤蔓，背上背著椰子，兩邊腋下抱著成束的竹子拖在地上，以宛如一團植物集合體在走路似的模樣回到小島。

接著將建材放在沙灘上晒乾，糧食則是收到洞穴的凹坑處，並且用岩塊、石頭仔細隱藏起來，以免被小動物偷吃。

隨後再度來到大島，反覆用短刀砍竹子搬運到小島，另外為了造屋頂也摘了幾片椰子樹葉。因為現在有地圖在手，只要走過一次的地方就不會迷路了。就這樣在大島與小島間往返好幾趟後，總算搬送完最後的建築材料時……

「……？」

我在大島西南側的海灘上發現了奇妙的足跡。

剛開始我還以為是什麼動物腳印，但看起來是雙腳步行，卻又不是鳥類。

這形狀……是人類光腳的腳型。

可是很小，小得過頭了。不只是小孩子那麼小，簡直就像莉佳娃娃人偶走過留下的、只有指尖大小的足跡。然而從沙子的凹陷程度推斷重量有一公斤……也太重了。難道是背了什麼東西，或是身上穿了什麼東西嗎？若是如此，就代表對方擁有知性的意思了。

（難不成這島上……住了什麼小矮人嗎？）

真是教人毛骨悚然。雖然現在沒時間讓我去尋找什麼未知生物，不過還是姑且用手機拍照下來吧。像這種部分，偵探科時養成的習慣怎麼也去不掉啊。

因為建材已經大致湊齊，我想說去吃個橄欖果實當點心──

結果走到小島洞穴的時候，我忍不住「喂喂喂！」地對大自然吐槽，當場滑了個跤。在洞穴所在的岩石區有一個像大鍋子一樣凹陷的岩石，裡面積有大量的雨水。早上來這裡的時候因為它藏在其他岩石的陰影下，害我發現得晚了。這是雨水從其他岩石上像瀑布一樣落下了好幾年──透過「滴水穿石」原理形成的壺穴啊。

雖然水面上漂浮有葉片，不過像這種壺穴中聚積的淡水基本上都很清潔透徹。而且這地方有海風吹拂，因此也不會有討厭被風吹的蟲子留下的屍骸掉在裡面。

話說，這水量幾乎有五十公升多吧。

我早上到泉邊被尼莫開槍，又在苔石的地方一點一點吸水喝到底是為了什麼啊？

壺穴中的水雖然喝掉就會減少，不過只要下雨就會自動補水，可說是個天然的蓄水池。只要別拿這些水沖澡之類大量消耗，我根本沒必要再去依賴那池含有尼莫全身萃取液的泉水啦。

（這就叫燈臺底下暗……）

不，現在不是讓我滑跤吐槽的時候。在我滑跤的這段時間，身體也繼續在消耗熱量啊。而且就算早上採了很多東西回來，目前的糧食也完全不足夠我一天會消耗的基礎代謝量──約一千七百大卡。另外也必須補充到剛才為止到處走動所消耗的運動代謝熱量，要不然我會一天一天逐漸消瘦，最終衰弱死亡的。

於是我重新振作起來回到沙灘，眺望眼前一整片清澈的藍天與大海。

——薯類種植一顆需要好幾個月的時間，但吃掉一顆只需要一天。麵包樹的果實或椰子樹的果實也是只要摘完就沒了。如果只依賴山中的糧食雖然或許可以撐一個禮拜，但要是在這裡住上一、兩個月，能吃的東西遲早會全部被吃完。從山中能採收的糧食是有限的。

然而，天空跟大海就是無限。

天空上有鳥，不計其數地從各處飛來。不過鳥類身上帶有病原菌的情況很多，不適於生食，必須用火烤熟之後才能吃。在這個不愁吃食的時代中，人們經常會遺忘一件事情，那就是肉類一旦被烤過後，內含的維他命就會被破壞，讓營養價值大幅下降。

換句話說，今後如果要在這座無人島上長期生活，必須仰賴的主食就是——數量多到抓也抓不完，且富含熱量、蛋白質與維他命，容易烹調，有些種類甚至可以生食，這些條件全部兼備的——海產類。

話雖如此，但沒經驗的人一下子就出海也捕捉不到什麼大獵物。我還是避免無謂浪費體力，暫時先靠少許勞力也能捕捉的獵物過活吧。

就這樣，我首先在小島的沙灘或岩岸走來走去……尋找貝類。

貝類可說是一整團的蛋白質，只要在沙灘上挖挖小洞就能輕鬆找到。需要消耗的熱量遠比抓魚還少，是相當適合無人島生活初學者的糧食來源。

因為每天讀書的生活而已經對枯燥乏味的工作產生抗性的我，蹲在沙灘上默默挖著貝類。雖然花紋跟大小與日本產的東西不太一樣，不過我最後還是捕到了三十顆像花蛤的東西，五顆像文蛤的東西，還有海參呢。

另外我在海灘邊的樹蔭下也發現了一些在蠢動的東西。是過了中午之後從巢穴爬出來的寄居蟹以及小螃蟹。這些同樣靠徒手便能輕鬆捕獲，我就收下了。

大概是島嶼周邊的海中食物充足的緣故，在透明的淺灘也能看到像熱帶魚的魚類……不過徒手抓魚是勞力多於收穫，我還是等生活安定一些之後再去挑戰吧。

我接著來到潮池處採集著像海帶芽的海藻類時——

「！」

在海帶芽底下發現了紅色的生物。

這是……蝦！是蝦啊！而且還是體長二十五公分的龍蝦！

（——這麼大隻的龍蝦，我在文明社會也沒吃過……！）

這份大餐或許是神明對於慘遭命運捉弄的我感到憐憫而賜給我的東西吧。

雖然這樣的想法閃過我腦海，但既然要這樣，拜託祢打從一開始就別讓命運捉弄我行不行啊，神明大人？

大概是因為新手運讓我抓到大獎的關係，今天的糧食應該已經足夠了。

我看看手錶估算天黑之前的時間，應該還有兩個小時。接下來就來建屋子吧。

雖然一般人對於像這樣原始的生活會有種比文明社會悠閒的印象，但實際上剛好相反。因為像採收者、樵夫、漁夫、木工、廚師，甚至當敵人出現時的戰士，一個人必須扮演好幾個角色才行。大家分工的文明社會其實輕鬆得多了。

——如果只能帶一樣東西到無人島，要帶什麼？

以前喜歡聊些沒意義話題的理子曾經問過我這樣一個沒意義的問題……而我記得當時自己根本沒想太多就回答了『應該會很閒所以帶漫畫吧』這樣一句話。事實上一點都不閒啊。如果現在可以得到一樣東西，我比較想要鋸子呢。

（言歸正傳。首先——來決定建屋子的場所吧。）

在大自然中建屋子的時候，最好要注意『五不』：（一）不會有強風吹過（二）不用擔心洪水（三）不會有落石（四）不會有毒草、毒蟲、猛獸等危險（五）不是斜坡。以及『五有』：（一）有淡水（二）有糧食（三）有樹木（四）有適度的陽光（五）有良好的視野。

因此我決定把屋子建在剛才發現有淡水的洞穴附近，也就是沙灘與樹林的交界處。而且這地方距離我預定拆開來當成補充建材的A字形避難處也很近。

「好，期限就是到天黑以前。一口氣完成吧。」

在跟露宿野外沒有太大差別的避難處過夜時，如果遇上大雨或強風，就會讓體力大量消耗。所以說即便只是小屋程度也好，若能夠早一天建好可以遮風避雨的屋子——便能夠減少一天份的風險，讓身體獲得休息，增加活動量，進而提高生存率。

於是我計算時間並確認進度……從一根竹子上砍掉枝葉並砍成適切長度需要四十秒，總共要八十九根所以大約花一小時……將一條藤蔓切成繩索需要二十秒，總共要四十五條所以大約十五分鐘……就這樣準備了在天黑之前可以把屋子建好所需的各種材料。像這種時候，有文明利器——手錶真是件幸運的事情。畢竟我可沒辦法像蕾姬那樣靠生理時鐘計算到秒單位的程度。

材料準備齊全後，我接著在地面挖了一個淺洞，並且用石頭圍起來做成火爐——也就是日本所謂的圍爐裡。這是可以在屋子中安全生小火的場所，基於照明和料理上的需要，即便在熱帶地區也是必須準備的東西。雖然為了避免煙燻，我打算主要都把營火生在屋外，但畢竟這裡是多雨地區，要是一下雨就會把火澆熄啦。

火爐完成後，我的設計是將屋子的後門建在這裡——於是在準備立柱子的四個點的沙地上挖出深洞，並埋入大量石頭。然後將竹子做成的柱子插入石頭之間立起來，確認不會輕易倒下。

接著為了不要直接睡在地面上，我用竹子鋪成地板。用藤蔓繩索將竹子組合成地板的時候，要先將藤蔓浸過海水之後再綑綁竹子。如此一來等乾燥後藤蔓就會自己縮緊，使結合部分變得牢固。隨後我又用同樣的手法組合出四片牆壁，在上面開出拿巨大香蕉葉當成窗簾的窗戶，正面大門以及後門等等出入口。

屋頂做成可以讓雨水流下來的三角屋頂，在竹子做成的橫梁上堆疊大量的椰子樹葉並用藤蔓綑綁固定。因為椰子樹葉本身就呈現像扇骨的形狀，只要排列起來就不會留下縫隙。火爐正上方則是開一個排氣口，上面再用香蕉葉做一把傘。像這樣做一根簡易煙囪，就不用擔心濃煙或一氧化碳積在屋內了。

有如在組裝什麼巨大模型似的作業結束後，時間來到日落前十五分鐘——一如預定計畫，我的家完成了。

我在都市住的家因為很花錢而讓我吃了不少苦頭，沒想到在無人島的家也讓我費了這麼大的勁呢。

不是木造屋而是竹造屋，一房，附廚房。因為需要空間擺放道具或木柴，所以大約四疊半（兩坪多一些）。這土地氣溫較高，因此主要出入口設計為坐西朝東，讓最炎熱的下午兩點時屋內整體都會有陰影。

雖然沒有浴室和廁所……但反正只要靠雨水淋浴，或是像去公共澡堂一樣到尼莫之泉洗澡就行了。至於廁所問題……隨便都有辦法解決。畢竟我是男的啊。尼莫要怎麼辦我就不管了。

就這樣，在遮蔽陽光而涼爽的小竹屋中——

我在一個竹筒中依序裝入小石頭、砂礫、細沙、營火燒出的炭灰以及從金天的水手服上取下來的遮胸布做成濾水器，過濾著從壺穴取來的清水時……

——……砰……——

「……！……」

是槍聲。距離很遠。尼莫開槍了。

我趕緊從竹屋中跑出來一瞧，便看到五顏六色的鳥類被槍聲嚇得從大島逃向空中。

大概是尼莫……發現了什麼野獸而在狩獵吧。明明靠狩獵只會讓島上的動物很快就被吃光地說。

（還是她遇到了什麼必須用槍對付才行的猛獸……？或者雖然我覺得不可能……但她難不成是對於漂流到這種無人島的狀況感到悲觀，選擇自殺……）

畢竟尼莫感覺沒什麼生活能力，連個火都沒辦法自己生的樣子。

這樣想想……我就不禁擔心……

——不，誰要擔心那種傢伙啦。

尼莫可是企圖暗中破壞世界文明的邪惡超超能力者。是夏洛克的仇人，也是開了我十八槍的敵人。她也不可能為了讓我回去東京而使用瞬間移動的能力。要死就隨便她……對，隨便她去死吧。我才不管。

今天的太陽漸漸下沉。

我來到黃昏的沙灘上、屋子的附近——因為從最初那個營火中或許可以製造出木炭，於是我將建屋廢材與椰子果實的果蒂堆到營火上，重新點火，再階段性地掩埋處理。隨後又在屋外的另一個場所組了一個長火式的營火。

好啦，接下來我要變身成廚師了。其實說到底，每個人類都是多功能複合機，即使各項技能的等級都很低，當遇到需要的時候還是什麼都能做，什麼都必須做啊。

就這樣——我把硨磲貝當成鍋子，煮著花蛤、小螃蟹與海藻。削皮切好的山薯還有番杏也一起丟進去煮好了。畢竟野草類就算是無毒的種類，也可能會因為地區特性而含有毒素，為了預防萬一，我還是把它們煮一煮去除澀味吧。

至於寄居蟹就埋在沙子裡烤，文蛤放在營火附近烤，用竹叉串起來的龍蝦為了不要破壞味道，我決定放在離火遠一點的地方慢慢烘烤。

正當我一點一點吃著很快就烤好的寄居蟹爪子時……

「──吱吱──！」

我聽到小小的叫聲，才注意到白天在山中遇到那隻橘紅色的小猴子，跑到這座島的沙灘來了。牠大概以為剛才的槍聲是什麼打雷的聲音，而從大島逃過來想要躲到這座小島的洞穴……卻又被我的營火嚇得停在沙灘上了。

「……哦哦，是你啊。不用怕，剛才那不是打雷，這也不是火災啦。」

猴子注意到我料理的各種食物，或許是認為跟在同樣是猿猴類的我身邊會比較安全的關係……戰戰兢兢地靠近營火邊，抬起圓滾滾的黑眼睛望向我。

「來，這個分你吃吧。畢竟我也採了你地盤的樹果來吃啊。」

我說著，用竹筷子夾起煮好的貝類，「呼呼」地吹涼之後放到設置在營火旁的漂流木長椅上。猴子接著便用牠的小手抓起貝，吃了起來。

仔細一看……也許是牠慌慌張張逃來的關係，腳上還有擦傷，毛皮都滲血了。

這裡雖然沒有繃帶或ＯＫ繃之類的東西，不過我將撕成細長狀的筆記本紙揉得軟一點後，纏在猴子的傷口上。因為牠是一隻身高才二十公分左右的小猴子，這工做起來可要很細啊。

話說這傢伙就算被我抓起腳也完全沒有抵抗，而且打從一開始就感覺對我很友善……不過我總算知道理由了。因為牠的臉跟我有點像，或許就是因為這樣看我順眼的吧。我也對這傢伙很中意，像個玩偶一樣可愛啊。

「好，看在我們是生活在這座島上的靈長類同伴，我就幫你取個名字——叫小金次吧。」

聽到我這麼說，小金次也彷彿在回應般「吱」地叫了一聲。代表牠很高興嗎？

不過……我透過營火的亮光觀察了一下小金次留在沙灘上的足跡……

大小姑且不談，但形狀跟我在大島西南側海灘上看過的人形足跡不一樣。

就在我拿手機拍的照片相互比較的時候——手機沒電了。在這種無法充電的地方，手機今後就是無用之物了。明明住在都會的時候是片刻也不離手的方便道具地說。

（都會、嗎……）

我瞧著那支已經變得默不吭聲的日本製手機……不禁湧起一種對日本、對文明世界像是思鄉病的心情。

——真希望我現在一回頭，眼前就有一間便利商店。然而現實中在我眼前的，只有發出沙沙聲響的蘇鐵與沒有果實的亞歷山大椰子樹林而已。

尼莫那群N的成員們企圖破壞文明，但文明其實是很可貴的東西。想吃的時候有得吃，有舒服的床可以安心睡覺，有多到買不完的衣服跟道具，生病或受傷時也有藥可醫。古時候人們辛辛苦苦才能得到的那些東西——住在現代日本的我卻隨時享受得理所當然。而且習慣於那樣的生活，絲毫不抱任何感想。

「不過啊，小金次。無論是在大都會還是在無人島，想活得健康的祕訣就是不要奢求自己沒有的東西。去奢望自己得不到的東西，只會造成心理壓力而已。」

一方面為了警惕自己，我對小猴子這麼說著——

同時把煮好的海鮮山薯鍋分裝到切開竹子做成的小盤子上，試嘗一下。

結果……哦哦，意外地美味嘛。

雖然貝類吃起來帶沙子，不過確實是花蛤的味道。小螃蟹的口感也不錯。山薯帶有黏性，就像甜甜的天然薯類。煮熟的麵包樹果實吃起來就跟馬鈴薯沒兩樣。兩種都很好吃。

然而……整體來講……味道好清淡。

貝類真想沾醬油吃，螃蟹真想沾和風醬，番杏則是想要辣美乃滋呢。不然至少可以在這鍋中加點味噌的話該有多好。更重要的是——這頓晚餐真想配熱呼呼的白飯一起吃啊！我現在疲憊不堪的身體正全力渴求著白米。米、米、米，我想吃米啊……！

——等等，我自己剛剛不是才講過『不要奢望自己沒有的東西』嗎？

而且不用擔心，等一下還有今晚的主餐——龍蝦大人啊。整隻龍蝦直接烤出來的味道，就算只有搭配海水的鹹味也絕對會好吃到讓人跳起來的。

……然而一方面因為很大隻，一方面也因為放得離火比較遠，現在龍蝦還沒烤好。

這也沒辦法，就在等牠烤好的這段時間——我拿出已經晾乾的參考書，靠著朦朧的星光與營火的光芒讀了起來。

升學考試的內容在這座島上是一點用處都沒有，但我還是要讀書。

這是我對自己的一種表明意志。我絕對要回到日本，通過高認測驗，然後參加大學入學考試。當陷入連生存都受到威脅的環境時，人類必要的東西——不只是水、糧食與住屋，還有絕對要活著回去故鄉的強烈意志。根據統計資料，從戰場或集中營成功生還的人很多都是「有回鄉該做的事情」啊。

（不過等我回去的時候，應該會被茶常老師臭罵一頓吧……畢竟我連她的個人加課都蹺掉了。）

我不禁一邊苦笑，一邊翻著參考書。在這種環境中念書，可以專注到讓人覺得不可思議的程度呢。大概是因為身邊完全沒有東西在打擾或引誘的緣故吧。

就這樣，我把國文參考書當成像小說一樣讀著……到了龍蝦差不多要烤好的時候。

「——吱吱！」

小金次忽然發出尖銳的叫聲，在漂流木長椅上對著大島的方向露出利齒。長長的尾巴也豎了起來，像是在威嚇什麼東西。

「……？」

我抬頭一看，在星空下的沙灘上——

身上的軍服比昨天又稍微皺了一些的尼莫正朝這裡走過來。

她握著一把長長的漂流木當成拐杖，腳步搖搖晃晃。該不會是扭到腳了吧？

「……」

「……」

靠近到營火光芒可以照到的尼莫，不發一語地瞪向我。

雖然她似乎疲憊不堪，但敵意仍在呢。我也一樣就是了。

「尼莫，妳來這裡做什麼？又要跟我取火嗎？」

「火我已經自己生了。在眼鏡上裝水當成凸透鏡，對枯掉的香菇照射生火的。」

哦～那樣確實也能生火。如果是在白天的時候啦。

不過……噗噗！偉大的尼莫提督閣下竟然像小學生上自然實驗課一樣，在太陽公公底下枯燥乏味地凝聚日光嗎？而且還用小女孩蹲的姿勢。

「你這傢伙，剛才笑了對吧！」

「我笑又怎樣？哦哦，差不多要烤好啦～」

我說著，轉一轉總算要烤好的龍蝦的竹叉……

「把那龍蝦給我交出來。」

尼莫忽然——喀的一聲把槍口指向我。

哦哦，她是肚子餓啊。所以走路才會那樣搖搖晃晃的。

「妳這次又來跟我乞討食物吃是吧？」

「誰要對敵人乞討！」

尼莫氣得雙馬尾都豎起來，如此大叫後……咕嚕～一聲……從她纖細的腹部發出了聲音。因為被我聽到那聲音，尼莫頓時變得滿臉通紅——

「我是那個、呃——來收集糧食的！」

那也只是換了個講法，到頭來就是來搶飯的嘛。

「妳以為用手槍嚇唬武偵會有用嗎？態度那麼差的傢伙，休想我分什麼糧食。妳想吃就自己去找。」

我如此冷淡放話後……

「我找過了，可是山裡的食物只有一點點，海中的生物又感覺很噁心。雖然我有試過開槍射擊在睡覺的鳥，但子彈也只有擦到一點就讓牠給逃走了。」

個性正經八百的尼莫把這些事情都一五一十對我說明……原來剛才的槍聲是那麼一回事啊。

「妳這下是說溜嘴啦，尼莫。如果真是那樣，妳只要多開幾槍不就好了？這裡的鳥那麼多，可是我聽到的槍聲只有一發。換句話說，妳要不是已經沒有子彈，就是子彈剩得很少。我跟妳說清楚，我這邊不但有充足的彈匣可用，連武偵彈都有。妳想跟我來場槍戰嗎？」

「……」

我如此嚇唬後，尼莫就像承認我的推測正確般——一臉不甘地又把槍收回背後的槍套中了。

「這隻蝦我現在要吃。哎呀~看起來真美味。妳就儘管去吃沙子吧。」

「這傢伙……！」

尼莫咬牙切齒地把身體挺向我。哦？想跟我打嗎？

「如果妳不拔槍我也不會拔槍，但這樣一來就是徒手纏鬥了。順道一提，我在吃這隻蝦之前已經吃過貝也吃過山薯。吃過東西的人和沒吃東西的人，妳覺得是誰會贏？」

聽到我這句話，尼莫大概連戰鬥心都受挫……終於連同軍帽一起垂下了頭。

「──我沒有義務要幫助妳。在羅馬的廣場大酒店那件事妳總記得吧？妳是殺害夏洛克的仇人。」

「那是夏洛克對我發動奇襲，我只是做出反擊而已。」

哎呀……要這樣講也是啦。

話說，現在因為軍帽的帽簷遮住，讓我看不到她的眼睛……不過這聲音聽起來尼莫又在哭了吧？真是個女孩子。

然而被女人的淚水束縛而吃過苦頭的次數恐怕保有日本紀錄的我，依然不為所動地拿起了烤好的龍蝦。接著用短刀剖開蝦背……呼哇～……白色的蝦肉冒出熱呼呼的蒸汽，感覺超好吃的。

就連尼莫也「啊……」地發出羨慕的聲音抬起頭了，眼眶中還盈著淚水。

「遠山金次，讓我飢餓可不是聰明的做法。如果想離開這座島──」

「就算我聽妳這樣講而把這隻蝦給妳吃，妳反正也不會把我送回東京對吧。而且妳似乎暫時都沒辦法使用瞬間移動。換句話說，現在的妳對我來說不只是敵人，更是個沒用處的廢物。現在我也沒有像昨晚那樣有什麼想問妳的情報啊。」

就在我準備趁熱吃蝦的時候──

「我、我知道了，等等、遠山金次，你別吃掉那隻蝦。我承認在這座島上是你比較有優勢，我也沒有重複跟昨晚同樣事情的意思。」

「那妳為什麼要叫我別吃？」

「你賣給我。我現在身上有兩千九百歐元。隨便你開價吧。」

尼莫已經毫不掩飾自己拚命的感覺，從小包包中掏出夾在一起的鈔票──

但我忍不住「噗」一聲噴笑出來。

「金錢在這種地方有什麼用處？就算拿來當燃料，燒個十秒就沒了。隨便找個木片來都比它有用。」

「拜……拜託你……我從漂流到這裡之後一天半，除了水以外什麼都沒吃過。明天以後能夠獲得糧食的可能性也微乎其微。把那隻蝦讓給我吧，遠山金次。」

尼莫終於對我拜託起來了，用一臉哭泣的表情。

「……」

即便如此，我還是不能把食物讓給這傢伙。雖然我並不餓，但如果我不吃這隻蝦就不夠一天份的熱量了。因此……

「──是『求求你，金次大人』才對吧？」

我故意要求自尊心很高的尼莫說她絕對不會講出口的話，好營造出最終還是讓我可以把蝦吃掉的氛圍。

反正她一定會回我什麼「既然這樣我就不拜託你了！」之類的話。事後我再賞她個海參之類的東西吧。就在我這麼想的時候……尼莫她……

……又氣憤又不甘地滿臉通紅，沉下眼皮，緊握住她當成拐杖用的木棒……

「……求……求求你……」

擠出聲音似地說到這邊，又大概是為了守住身為N的提督的自尊心，怎麼也無法繼續說下去——

取而代之地，她的淚水一滴接一滴地落到沙灘上。

然後就這樣「嗚……嗚……」一地哭出來啦。

看到那樣的尼莫……我……想到尼莫搞不好真的會很努力很努力把話講出來，到時候我就不得不把龍蝦給她吃了。而且老實講，我已經開始覺得她有點可憐……

「啊～……不，算了。就算被妳稱呼為大人，我也得不到什麼好處。所以說，呃～……我換個條件……對了，我這才想到一個問題。如果妳知道這裡是什麼地方就告訴我，那樣我就把蝦子分一半給妳吃。我自己也有靠觀察星空知道大概是赤道附近，但是不清楚更詳細的位置……」

到頭來，我還是被女人的淚水束縛了。

結果尼莫一副在問『真的嗎？』似地用她琉璃色的眼眸望向我——嗚哇，超可愛的。

「來、來啦，給妳。只能吃到一半喔。」

面對美少女就很弱的我，預先支付地將龍蝦交給尼莫。我本來以為她會就這樣稀里呼嚕吃起來的……可是她卻走到我旁邊，在漂流木長椅上坐了下來。然後拿出似乎是她自己做的木片刀切開蝦肉，用似乎清洗得很乾淨的小樹枝叉子吃了起來。

……比起找到食物，她竟然先製作餐具啊。之前發現泉水就洗身體，現在也把軍服連同領帶都整整齊齊穿在身上。從這些行為可以推測……尼莫應該很愛乾淨，或者說根本是有潔癖吧。那是最不適合在無人島生活的人種啦。

「我也有試著測量過。利用手錶和量角器觀察月亮、行星和恆星的位置，也就是透過極為簡易的月角距測量法……」

如此說明的尼莫即使在這樣的場所——也宛如在高級餐廳用餐似的，不管坐相還是吃相都規規矩矩。看來她是個很有家教的小孩。

「妳用那方法知道了嗎？」

「大致上。東經一〇二度，南緯四度。印度尼西亞的西蘇門答臘省的海上，應該是明打威海峽的南部海域。」

南、南緯……

這裡果然是赤道以南嗎？我還是第一次到南半球來啊。不過……

「……東經、一〇二度……？那樣時差頂多只有兩小時左右吧？可是我們從東京跳躍到這裡來的時候，時差更大喔。」

「陽位相跳躍的原理是讓物質通過一種稱為托利．勒．托羅的時空隧道。因為在魚鷹上發生的那場失誤……這說明起來很難……總之我和你在那隧道中停止了大約十個小時左右的時間。換句話說，那不是時差。」

雖然我聽不太懂……但我之所以感覺有時差，是魔術性的理由讓我產生的錯覺是嗎？那我當然不會知道了。

不過——雖然那邊的狀況是以時間跳躍為主，但我去年看過夏洛克與亞莉亞的緋天．緋陽門也是同時能跳躍時間和空間的法術。或許牽涉到時間與空間的超超能力彼此都很相近吧。詳細情況怎樣我是完全不知道就是了。

「我對那個什麼明打威的海域不是很熟，這裡有可能會有船隻或飛機經過嗎？」

「……應該不會有任何人經過吧。但你還是要二十四小時監視海空，如果發現什麼就來跟我報告。不過如果發現的是海盜船就不要來叫我了。」

這傢伙到頭來還是把事情都丟給我啊。還有她是不是已經把蝦子吃掉七成了？

「如果誰都不會經過……我就靠自己的力量逃出這裡。」

「哦？你要怎麼逃出這座島？寫信裝到瓶子裡任海漂流，期待有人會來救援嗎？」

尼莫一邊吃著蝦肉，一邊講出這種既古典又夢幻的發言。

「就是……不是靠那種聽天由命的方法，而是像製作筏子之類的……等等、喂！妳根本把蝦全吃掉了吧！」

當我注意到的時候尼莫已經把龍蝦肉全都塞進嘴巴，於是我為了不讓她吞下去而用左手掐住她脖子，把右手伸進她的小嘴中想要把蝦肉挖出來。

「給我還來！我剩下能吃的東西只有海參了啊！」

「嗚嗚嗚嘛喔嗚嗚咕嗚！嘎嗚！」

痛啊！她竟然咬我手！

「——說要分給我一半的是你吧！拿去，一半啦！」

尼莫說著，把蝦頭跟蝦尾末端交到我手中。

確實以重量來講這大概是一半啦……可是能吃的部分根本只剩蝦腦了吧……！

3彈　往珊瑚礁之海

漂流到這座無人島上第三天、第四天、第五天……過了一個禮拜。我雖然每天都盡可能看著海上跟天空，但就如尼莫所說的，完全沒看到船隻或飛機。

既然如此，想逃出這座島就不能再抱著被動的態度，主動積極的思考果然也是必要的。

——這樣講有點像是讓之前的戲言成真，也就是自己造一艘船渡過這片大海吧。我下定了這樣的決心。

然而事情不可操之過急。就算真的造出了筏子，也不知道究竟會在汪洋上漂流幾天。而且萬一到達的地方又是一座無人島，不管是要折回頭還是選擇住在那裡都需要一段時間的糧食。所以我必須先儲備能夠保存的食物才行。

不過關於那些儲備，我隨著一天一天過去也漸漸有著落了。

首先，我每天的生活循環已經漸漸固定下來。

趁著陽光不強烈的清晨和黃昏在小島的海灘或岩岸進行漁業，白天則是帶著已經徹底親近我的小金次一起到大島探索。晚上就做做道具，或是靠營火的光讀書。每天如此反覆。

漁業方面我現在開始真的在抓魚了，不過並不是靠潛水抓魚或垂釣，而是利用陷阱。將建造屋子時留下的大量竹枝束在一起，用藤蔓緊緊綑綁一邊，另一邊則是鬆開一點綁起來。接著把鬆開的那一邊折向內側，形成如果有魚從那邊稍微推一下就能進去裡面，可是一旦進去就出不來的空間。這是一種叫「筌」——東北地方稱為「魚桶」——的細長籠子狀陷阱。

魚類為了保護自己，本能上會有鑽進狹小空間的習性。因此只要把這陷阱設在海中，即使不放誘餌也會有魚自己鑽進來。我每天會製作十個陷阱，設置在小島或大島的岩岸各處。隨著陷阱數量增加，**中獎**的機率也會提高。剛開始第一天雖然一條魚也沒抓到，但今天早上則是抓到了八條大大小小的魚。

以無人島生活為內容的綜藝節目經常會一開始就用魚叉捕魚，但那是為了讓節目有趣才做的事情。在糧食還不充裕的時候就到海中追魚，其實會消耗大量的卡路里——變得疲憊、消瘦，搞不好還會導致喪命。

相對地，製作陷阱只需要消耗少量卡路里，而且在我去採集貝類和椰子蟹或是在睡覺的期間也會持續抓魚，獲得製作消耗量以上的糧食。野外求生的時候透過像這樣的方法節省體力，就能進一步提升生存機率。

去掉內臟再串起來燒烤過的魚，就像輕食點心一樣好吃。因為已經可以靠魚填飽肚子的關係，從前天開始是貝類，從昨天甚至是魚類本身都多到吃不完了。於是從今天起，我開始製作逃脫時所需的保存食物——也就是乾貨。只要是日本人誰都看過乾貨，讓我很快就能想到這個點子，算是一種優勢吧。小魚直接晒，大魚則是先剖開成片，晾在日晒好通風佳的場所……不用一天便做出了能夠保存好幾週的乾貨。

與此同時，我為了尋找補充營養用的食物而來到大島山中。這時小金次就派上了相當大的用場。

通常猴子能吃的東西人類也能食用，因此我帶著小金次走來走去時，經常遇到牠擅自從叢林樹上抓果實來吃，讓我發現「原來那東西能吃啊！」的情況。

另外我在山中有看到一種帶藍色的岩石——撿起那漂亮的碎片便發現那是青瑪瑙。這是在日本的能量石商店會號稱『可以改變人生流向』之類並販賣的寶石之一。但不管怎麼說，瑪瑙是莫氏硬度比黑曜岩還要高的礦石，總會派上什麼用場。因此我將它放在口袋隨身攜帶了。

還有我在漂流至此第五天的時候，在大島西岸又再度發現了超小型的人類足跡。我雖然有嘗試追蹤——然而足跡在西南側的岩岸便結束，沒能找到小矮人。

東北側的岩石山則是依舊冒著煙，因此我將它取名為「最終領域」，選擇繼續迴避。畢竟就算冒著吸到有毒氣體的風險爬上岩石山也可能什麼東西都沒找到，那樣就等於是浪費體力啦。

我將各種山珍——樹果、薯類、去殼的薔薇科植物與蘆葦幼芽等等用石頭磨碎混合，放在竹子編的托盤上乾燥以提高保存性。然後為了改善攜帶性，我將它們做成了像穀物棒的形狀，就取名為金次牌穀物棒吧。

這些一點一點製作好的保存食物——乾貨和金次牌穀物棒，我就存放在小島的洞穴中。因為這裡幾乎隨時都保持一定的氣溫，比外面涼快。用岩石隱藏糧食用的石頭地面也很乾燥，又沒有蟲，可說是天然的冷藏庫。

就這樣——我的糧食問題算是安定下來了。雖然有點偏重海產類，不過比起以前在東京每天像鬣狗一樣吃商店丟棄前的半價便當，現在吃的東西甚至好得多呢。

多虧如此讓我身體狀況良好，對炎熱與溼氣也逐漸習慣了。每天隨日出而起，勤奮勞動的健康生活，讓我不只是體力，就連精力也變得充沛啦。

如此這般，儲蓄了大量保存食物後，到了第十天——

我終於開始著手建造出海用的筏子了。

首先趁漲潮的時候把石頭排列在海浪會沖到的邊緣，將我又從大島砍來的竹子集中放到那地方。接著將容易縱向撕開但是橫向不容易撕裂的蕁麻樹皮編成結實的麻繩，把竹子綑綁組合成竹筏。

不過我現在既不知道哪個方向會有陸地，也不知道與這座島距離有多遠——因此這艘竹筏並不是為了前往其他陸地而製作，而是為了**尋找**其他陸地順便練習航海用的船。我就用這個出到近海，若能發現陸地當然最好，但如果沒發現就回來製作更大艘的竹筏，出到更遠的海上。如此反覆，最後找到有人居住的陸地。

沒錯，只要我按部就班腳踏實地地做，區區大海我絕對可以渡過去。古代人也是靠著筏子縱橫無際地穿梭在這片太平洋上啊。然後管它最後抵達的是印尼、菲律賓還是澳大利亞，我絕對要從那裡回到日本去。

（可是到時候，尼莫呢……我要丟下她嗎？）

製作著竹筏的時候，我在腦中不經意如此自問——

自從龍蝦事件之後便再也沒現身過的尼莫，讓我感到有點在意。

雖然我不清楚她靠著那麼差的野外求生能力是怎麼活下來的，但我確定她還活著。因為我今天和小金次到大島的叢林時，有看到尼莫留下的新腳印，以及她將原本生長在那裡的菇類全部摘走所留下的痕跡。

那傢伙似乎有種只要在島上發現食物就什麼都不考慮全部拿走的習性。那是不將大自然視為共存對象，而只視為資源利用的西洋人會有的典型行動。

但是吃菇類攝取不到什麼熱量，她應該又會肚子餓了吧。還有房子的問題她又是怎麼解決的？就算只是簡易小屋也好，她有造出什麼可以遮風避雨的場所嗎？

就在我想著這些事情，在完成了一半左右的竹筏邊稍微停下手的時候……

「……吱吱……」

在沙灘上咬著我吃剩的黃色緋鯉尾巴的小金次忽然一臉疑惑地抬頭看向我，彷彿在問我說『怎麼，你在擔心哪隻母的嗎？』的樣子。

「——才、才不是。我才沒有在擔心那種傢伙……」

對猴子如此回答的我……還是決定明天去看看尼莫的狀況了。

畢竟她搞不好為了襲擊我而在進行什麼準備嘛。像是製造石槍之類的。

漂流至此第十一天的中午——或許其實是第十二天也不一定，我如果有乖乖在筆記本上寫日記之類的就好了——我帶著手槍，把小金次背在肩上，前往我平常都會故意避開的尼莫海灘。

雖然我體質上不太會長鬍子，不過出發前還是用短刀稍微剃了一下鬍碴。因為光是讓對手看到自己清爽健康的模樣，就能顯示我方體力充足，達到威嚇的效果。

（那傢伙連生個火做不到，肯定住的小屋也很簡陋吧。）

我那棟竹造豪宅在龍蝦事件那晚尼莫也有看過，所以如果我發現尼莫住的家跟鳥巢一樣，就好好嘲笑她一番好了。

話雖如此，但要是我忽然現身，尼莫搞不好會對我做出攻擊行動。因此我決定先進入叢林中，從通往尼莫海灘的懸崖上觀察她的狀況。

就在我來到那座大約十五公尺高的崖上，朝尼莫海灘望過去時——

（……哦……？）

出乎預料地……尼莫建的屋子很有模有樣。只是因為她個子很矮，所以建的屋子也很小間。

是說，那棟尼莫小屋不論牆壁還是屋頂都是木板搭建的呢。根本比竹造牆壁、葉片屋頂的金次小屋還要豪華嘛。雖然之間的差別頂多只像我是繩文時代，尼莫是彌生時代而已就是了。

話說回來——她到底是怎麼辦到的？製作所謂的木板需要能夠直角畫線的角尺，還要能削平表面的刨刀。更重要的是，從那木板顏色看起來應該是漂流木……怎麼看都是用鋸子切出來的東西。雖然魚鷹的殘骸有漂流到這片海灘上，但難道其中也有木工道具嗎？在魚鷹旋翼機上？放鋸子跟刨刀？

而且尼莫小屋的大門左右兩邊還擺了帶有顏色的石頭，顯示出她還有餘力裝飾玄關。真的像個女孩子啊。

從屋子的後面……有煙往上飄。看來她在屋外生了個營火，大概是用眼鏡做的透鏡點火的吧。話說，那火燒得真旺，到底是在做什麼？

而且從那冒出濃煙的源頭處還傳來小小的吠叫聲，應該是什麼小型的犬科動物。就跟我的小金次一樣，尼莫也把野獸拉攏為同伴了嗎？居然會親近那種傢伙，還真是奇特的狗呢。

不過……那叫聲聽起來很奇怪。

感覺好像對什麼東西感到慌張、害怕而大吵大鬧的樣子。

從尼莫小屋後面冒出的煙也漸漸變得越來越濃，甚至讓我隱約能看到紅色的火焰燒得比屋頂還要高。不管是為了什麼目的的營火，應該都沒必要讓火燒得那麼高才對。

「……！」

那不是營火——那是、火災啊——！

但我沒看到尼莫的身影，大概是外出了——不對，她並沒有外出。一隻大概是印度狼亞種的山狗幾乎抓狂似地從屋子後面衝出來，對著大門半開的屋子裡不斷吠叫。尼莫在屋子裡。明明燒焦臭味已經濃得連我都能聞到，為什麼她會沒發現啦！

「——尼莫！」

要是那大火延燒到屋子，尼莫就完蛋了。

我本來是打算繞過懸崖下去，但現在已經沒有那種美國時間。於是我抓著沿崖壁往下長的樹根，爬下陡峭的懸崖。

快點。但是不要急，萬一摔成重傷可不好。這地方別說是救護車了，連一滴消毒水都沒有啊。

我挑選沒有枯死的樹根，將腳插入岩壁與樹根之間的縫隙，靠摩擦力稍作固定——注意不要把手舉得比肩膀高，以防血液倒流——不顧手被擦破，落到懸崖下。

接著衝刺跳過岩石，被矮樹絆到跌倒，好不容易趕到尼莫海灘。

然後繞到起火源頭的屋子後面，看到尼莫一絲不苟地排得整整齊齊晒乾的大量木柴與木板——大概是想要建什麼狗窩吧——被旁邊的營火點燃，全部燒了起來。沙灘化為了一片火海。好燙，煙也好濃。

「尼莫！火災啦！——快出來！」

我如此大聲呼喚，可是從屋子裡沒傳來尼莫的回應聲。

被濃煙燻痛眼睛的我看向周圍，發現在屋簷底下有一把大概是用魚鷹破片做出來的大鐽子。木棒部分是用金屬鉚釘固定在鐽子頭上，做得相當正式。另外連線鋸都有。我雖然不知道尼莫究竟是從哪裡拿到這些玩意，但現在不是想那種事情的時候。

（必須趕快滅火才行！從海邊提水——不，用沙子——！）

靠潑水降溫確實可以滅火，不過用沙子掩埋阻斷氧氣同樣也能達到效果。

現在用這方式會比較快，於是我把在尼莫小屋旁邊燃燒的木柴一腳踢散後，抓起鐽子挖沙蓋到上面。以木屋式堆疊法堆成的營火也用鐽子打散，拚命挖起白沙往上面蓋了又蓋、蓋了又蓋……

花了十分鐘以上的時間，好不容易滅火成功。可惡，累死我啦。

（話說……到最後尼莫還是沒有出來。難道她真的外出了嗎……？）

我癱坐在尼莫小屋旁，確認火舌已經全部撲滅的時候……剛剛在沙灘上跑來跑去的小金次回到我被濃煙燻黑的肩膀上，用牠的小手幫我擦掉臉上的煤炭。

似乎是被尼莫馴服的那隻小狗雖然對身為入侵者的我「……嗚～……」地低吼威嚇，但牠大概很清楚自己身體小到我只要一腳就能把牠踹飛到水平線去的緣故，並沒有真的攻擊我。

「受不了……尼莫那傢伙為什麼丟著營火不管就出門去了啦……」

我如此抱怨著，把鐽子當成拐杖撐起身子——可是鐽子上的鉚釘這時卻忽然脫落，害我在沙灘上跌了個狗吃屎。搞什麼啦！

像隻毛蟲一樣全身趴在地上的我抬頭一看……

「……？」

從鐽子上脫落的鉚釘居然變成了球狀──就像顆小鋼珠一樣。

那顆小鋼珠自己在沙灘上滾動，有如磁力相吸般黏到線鋸上。

……這是……

「墨丘利、嗎……？」

彷彿是對倒在地上如此詢問的我回答『沒錯！』似的，與小鋼珠融合的線鋸接著變成人形──看起來就像是童話故事中會登場的銀色小妖精。原來那些小矮人足跡的真相就是她啊。

看來墨丘利除了當時被我從魚鷹的駕駛座上強制脫離出去的本體以外……尼莫施展瞬間移動的時候，還有少量體積黏在機體內。例如為了回收金天而延伸成套繩的那部分之類的。

像莉佳娃娃人偶尺寸的墨丘利垂下頭，把她比一元硬幣還小的手掌相合舉到頭上，雙腳跪到沙灘上──雖然是跟日本不同文化的做法，不過我能明白意思──拚命對我拜了起來。

「搞什麼啦……」

這傢伙可是在高尾基地跟首都高灣岸線上好幾次威脅過我們性命的敵人。

我本來想說要把她一腳踩死，但就算那樣做，這傢伙也只是變得扁平之後又會恢復原狀。而且她現在又向我求饒……不，感覺似乎是在拜託我什麼事情的樣子。於是我決定現在不要跟她爭鬥……而是跟在雖然飛不起來但是可以靠拍打翅膀加速的墨丘利後面，一起走向尼莫小屋。

為了預防萬一，我拔出手槍後——打開半開的門，進入小屋一看。

「……尼莫……！」

身穿軍服的尼莫竟倒在地板上。

身體側躺著，手臂癱軟地伸在一旁，連大概是倒下時掉落的軍帽也沒重新戴好。

因為雙馬尾的其中一邊遮住她的眼睛，於是我衝過去觀察她的臉——發現她緊閉的雙眼邊有痛苦流淚後的痕跡，並發出難受的呼吸聲。

我將她的上半身扶起來時，隔著衣服也能知道她全身顫抖得有如身處寒冬。

「尼莫！是我！知道嗎！是金次啊！喂！」

即使我如此叫喚她也沒有回應，是昏過去了。不妙，難道這島上有什麼風土病嗎？

不對，這感覺不像是生病。

是更急性的——像服毒的人會出現的症狀。妳這傢伙該不會——

「……！」

就在這時，雖然跟我的推測不太一樣，但我發現了很類似的東西。

在把樹幹切短製成的簡樸桌子上，有個木盤子。在盤子上……留有尼莫用餐過的痕跡。是用海水添加過味道、似乎已經吃下相當分量的——菇類。

「這不是 Psilocybe cyanescens 嗎……！」

這雖然是沒有日文名稱的菇類，但我之所以能立刻知道——是因為這玩意含有日本麻藥及精神藥物取締法所規制的西洛西賓（Psilocybin），是被視為違法藥物取締的毒菇。這東西和毒裸蓋傘是近親種，跟蜜環蕈、占地菇、滑菇等食用菇類很相似，但毒性很強，會導致麻痺、發冷、強烈到連時間或空間都無法清楚認知的暈眩與幻覺、意識模糊或昏睡等症狀。甚至還有報出死亡案例。

（尼莫，妳……因為我壞心眼，沒有把糧食乾乾脆脆地分給妳……）

為了守護自己的尊嚴，不再來向我搶食物……

可是又無法自己分辨食物，結果吃到了這種玩意嗎？

就現場看起來，尼莫的餐桌上沒有其他東西。尼莫沒有食用魚貝類的習慣——在歐洲內陸也是有很多民族完全不吃海產類——覺得海鮮噁心，所以只會去山裡尋找食物。

但這樣做的話，就算她把各種食材都連根採光，也明顯沒有攝取到足夠的熱量。雖然現代人經常為了肥胖問題進行低卡競爭，但說到底，所謂的熱量就是生命力。要是在熱量攝取不足的衰弱狀態下吃到劇毒，可是會有生命危險的。

「——墨丘利，妳聽得懂我講的話嗎？我雖然和妳們N一直以來都站在敵對立場，但病人不分什麼敵我。我現在要救尼莫，妳也來幫忙！」

我用英文這麼表示後，大概是沒辦法講話但是可以聽的墨丘利便對我點點頭。

然而，就算要救尼莫——這島上別說是醫生了，連一顆藥都沒有。

我為了讓尼莫把應該還沒吃下去多久的菇類吐出來，而用手指扳開她的小嘴，然後像柔道中讓昏迷的人恢復意識時的做法一樣從背後抱住並擠壓她的腹部。兩次、三次，強力擠壓。

可是尼莫什麼都沒吐出來。她已經連吐的力氣都沒有了。既然這樣就要反過來——

「墨丘利，水在哪裡！尼莫盜汗也很嚴重，這樣下去比起毒素，她會先死於脫水症狀啊！」

聽到我這麼一說，墨丘利立刻跳向擺在小屋角落的木桶，拍一拍木桶表示位置後自己變成水瓶的形狀。於是我讓尼莫仰躺到應該是她當成睡床的乾草堆上，用那水瓶舀起木桶中的清水，打算給尼莫大量喝下——

可是尼莫卻皺起眉頭，表現出不想喝水的動作。倒進她口中的水也都從她嘴角溢了出來。冷靜下來，金次，別急。脫水症狀嚴重到某個程度的人，反而會反射性地排斥喝水。一點一點慢慢來沒關係，讓她把水喝下去……！

好不容易讓尼莫把水喝下去後，我接著打算在島上尋找可以當藥物的東西。

多虧以前的野外求生訓練，我對可以當藥物的野草類有最低限度的知識，之前在島上發現的時候也有在地圖上標記場所——然而我的知識僅限於日本植物。在這種大多數植物我都沒看過的地方，能辨識出來的藥草種類也很少。目前應該能用的只有對食物中毒有效果的中日老鸛草，以及能當鎮靜劑的金錢薄荷。這兩者的藥效都很弱，對於重症的中毒患者來說頂多只是吃心安的而已。

不過有吃總比沒吃好，因此我走出小屋時——這才想到。

西洛西賓中毒時有種特效藥啊。

活性炭——簡單說就是像備長炭那樣的炭。只要把它磨成粉末喝下去，多孔性質的炭上大量的微孔就能將毒性物質關在裡面，阻止被肉體吸收。

因為尼莫的狀況隨時有可能急速惡化，所以我將時間限定在十五分鐘之內——衝向小島，來到我第一天燒完後撲熄的營火邊，徒手翻挖看看有沒有做成功的炭。畢竟當時是為了丟棄建築廢材順便做的粗略悶燒，大部分的木炭材料都燒得不完全。不過……

（有了，炭啊……！）

現在我當成水壺在用的椰子當時切開果實的時候切下的果蒂部分——悶燒成了烏黑漂亮的炭。是從碳含量高的椰子纖維製作出來的所謂『椰子炭』。

我帶著椰子炭、用山薯以及樹果製成的金次牌穀物棒來到尼莫小屋。

「墨丘利，妳能變成研缽嗎？」

我用手勢比劃示意後，墨丘利就變形成了研缽和研杵——於是我拿來將椰子炭磨成粉末，配水一起少量慢慢地餵給尼莫。因為墨丘利可以變形成杯子也能變形成管子，讓投藥過程中都沒有誤入氣管，迅速完成了。

猴子和狗都是很聰明的動物。小金次和尼莫養的狗很快便理解我是在救尼莫，因此始終乖乖待在一旁觀望。

我雖然餵了藥，然而那終究只是輔助。要戰勝毒素還是必須靠尼莫本身的生命力。如果她過的是只吃少量野草的生活，身體狀況就不樂觀了。更何況她身材嬌小，所以西洛西賓的致死量也會相對較少。

（現在開始十二小時是關鍵啊……）

我不斷幫她擦汗，每兩個小時餵她一次水和活性炭，然後去採集等一下要給她吃的藥草——轉眼間就天黑了。

尼莫的小屋裡沒有火爐，設計上似乎是靠窗戶採光的樣子。

在那樣的月光中，我徹夜照顧著尼莫……但她依然沒有恢復意識。

一開始還會喝的水也漸漸變得不太喝了。尼莫……！

……黎明，當我睏得開始打瞌睡的時候……

「……恩蒂米菈……給我杯咖啡歐蕾……」

有如蚊蚋般微弱的聲音讓我當場清醒過來。是尼莫講話了。

「——尼莫……！」

我趕緊撲過去一看，尼莫似乎還意識模糊的樣子。剛才那有點像是在講夢話吧。

她大概是以為有什麼下士官在這裡，而叫出了某個人名。

原本很嚴重的盜汗跟發抖症狀都已經停下來。

睫毛很長的眼皮也微微睜開了。

「尼莫，喂……妳還好嗎？」

「……嗚……？你……你這傢伙，為什麼會在這裡……？」

被我叫了一聲而恢復意識的尼莫——看來是撐過危險時期了。

雖然我不清楚餵她吃的藥究竟有沒有效果，但總之她熬過了 Psilocybe cyanescens 的毒。

仔細看看，姑且不論臉色如何，至少尼莫的臉並不消瘦，或許她飲食的營養狀態其實比我所想的要好吧。也因此讓她可以撐過毒素活了下來。不管怎麼說，她大概是跟我一樣在最後關鍵的時候特別強運，或者說是個頑強的女人。在這點上真是太好了。

「我本來是從山的那邊想觀察一下妳的狀況，結果看到這間屋子後面發生火災。所以我下山跑過來，發現妳居然倒在屋子裡啊。」

「……嗚……我、我……沒事，沒什麼大礙……」

尼莫說著，搖搖她髮量不少的雙馬尾，並坐起上半身，用手緊抓軍服把胸口處合起來。應該是她想起在魚鷹上被我襲胸那件事，所以在防備我吧。這也代表她記憶清楚的意思，反而讓我安心多了。

「你滾。我沒事，嗯……咳！咳！怎麼嘴巴裡感覺沙沙的……你這傢伙該不會是灌了我什麼奇怪的毒物吧？」

尼莫虛弱無力地把我幫她放到枕頭邊的軍帽戴起來，從帽簷底下用她那對有黑眼圈的眼睛瞪向我。

「給已經中毒倒下的傢伙再灌毒有什麼意義啦。那是活性炭，是可以讓毒性物質附著在上面排出體外的藥。活性炭本身完全不會被消化器官吸收，妳放心。」

「什麼……你這傢伙、居然……餵我、吃藥……？」

「還有這些是藥草。如果妳又感到不舒服的時候，就用墨丘利把它們搗碎來吃。」

我指著放在圓木桌上的野草——中口老鸛草與金錢薄荷，如此告訴尼莫後，她這才理解我是在幫她看病——頓時變得臉紅。接著又把嘴巴凹成「ㄟ」字形朝我瞪過來……大概對尼莫來說，被敵人拯救性命是一種丟臉得要死的事情吧。畢竟她自尊心那麼強。

繼續待在那樣的她面前也讓我感到很不忍心，但我還是伸手指向餐桌上吃剩的毒菇……

「聽好，這東西妳別再吃了。這叫 Psilocybe cyanescens，是會影響中樞神經系統的毒菇，妳也已經親身體驗過了。菇類雖然好吃，但很難分辨究竟有沒有毒。當中甚至還有光是碰到皮膚就會潰爛好幾個月的玩意。不要貿然去摘。」

我想說至少在這點上要好好給她說教一下，而講了這段話之後——

「我去那個泉打點水過來，妳留在這邊等著。還有那個像穀物棒的東西是把山薯跟樹果搗碎混合後乾燥做成的東西，妳小心吃不要噎到喉嚨了。」

說完，我便丟下繼續默默瞪著我的尼莫，準備走出屋子。

就在我拿起桶子要走出大門的時候，從我背後……很小聲地……

「……Merci……」

尼莫講話了。聲音小到我勉強能聽到又聽不太清楚的程度。

於是我轉頭一看，發現尼莫曲起雙腳坐著，把袖子過長的雙手放在膝蓋上，再把臉埋在裡面隱藏表情。耳朵徹底通紅，似乎感到非常羞恥的樣子……

「……？妳說什麼？我只聽得懂日文、英文跟義大利文喔。」

聽到我這麼說，尼莫繼續埋著臉「嗚～」地小聲呻吟……

「沒事。我只是說『我口渴了，快點去打水』啦。你快走。」

「很明顯不是那麼長的一句話吧？只是一個單字。妳想要我幫妳拿什麼東西過來嗎？」

被我如此一問，尼莫用力抬起她通紅的臉蛋……

「沒事啦！我只是說『謝謝』而已！你至少也懂些法文吧！」

……哦～她是在講『梅露西』（註2）啊。道地的法文發音還真難懂呢。

註2　法文的謝謝（Merci）正確發音接近「梅西」，不過日本人熟悉的日式法文發音較接近「梅露西」。

「哈哈，真沒想到妳居然會跟我道謝。」

「我是個懂禮節的淑女，當然會說謝謝。」

「妳哪裡會說？之前從我那裡拿走火，還有拿走食物的時候，都沒聽妳說過啊。」

「我會說。」

「妳不會說。」

「我會說！只是不一定會發出聲音而已！」

尼莫用力上下甩動拳頭，像隻小狗在吠叫似地對我如此反駁……可是沒有發出聲音不就是沒有說的意思嗎……？算了，我也懶得計較。

「好啦，既然妳都說『我口渴了，快點去打水』，我這就去跑一趟啦。」

我說著，把小金次背在肩上準備走出尼莫小屋的時候——

「……遠山金次，確實……我似乎差點就喪命了，但有一件事我不明白。」

大概是跟我面對面很難啟齒的關係，尼莫又趁我背對她的時候開口說道：

「……你為什麼要救我？我是你的敵人，而且即使救了我，我也沒什麼謝禮可以給你。我現在……也沒辦法使用陽位相跳躍的說……」

被她這麼一說……明明不久前我們還在互相廝殺的……為什麼我這次會不惜徹夜拯救尼莫呢？我自己也不知道。而不知道的事情想再多也沒用，於是……

「病人哪有分什麼敵我啦。而且要是妳死了，就沒人可以跟我較勁啊。」

我最後只是嘴巴很壞地丟下了這麼一句話。

後來幾天，我依舊過著往返於小島和大島間的生活……竹筏也建造到一個進度，當我黃昏時只穿一條內褲去稍微確認設置在海中的陷阱時——

「——哦！」

太棒啦！大概是之前救了尼莫，所以島上的神明賜給我獎賞，裡面抓到一條鯛魚呢！而且是足足有三十公分、尾巴都從陷阱口露出來的大魚。雖然不是日本那種紅色的真鯛，不過也是有條狀紋路的花尾胡椒鯛啊。

我在海水中刮掉鱗片簡單處理了一下，發現牠魚肉油脂豐富，肯定很好吃。我另外有用海水煮出來的鹽巴，所以這條魚就做成生魚片來吃吧。嘻嘻嘻，口水都流出來了。平常總是可以分到魚尾巴吃的小金次也在我肩膀上表現得很開心呢。

回到白色沙灘上穿好褲子後，我把鯛魚放到一旁等待肉質變得比較軟——並且趁這段時間將麵包樹的果實切碎，和小蝦一起丟進硨磲貝殼鍋煮成像鮮蝦馬鈴薯粥的東西。

大約就在這時，今天的太陽沉了下去，當薔薇色的天空漸漸變為深藍色的時候……

「遠山金次，我來收集糧食啦。我就允許你把那條魚跟那個像海鮮燉飯的東西上貢給我。」

尼莫提著劍、帶著狗出現在我面前。

糟了。我因為太高興而只注意著鯛魚，都沒發現尼莫接近。早知道我就把鯛魚埋在沙子裡藏起來了。

「……明明最近都沒過來，卻偏偏挑在有好東西可吃的時候現身……這粥我是可以分妳吃，但是鯛魚不行。而且妳不是覺得海中生物很噁心嗎？」

「那條魚看起來很好吃。你把牠做成魚排。」

已經徹底復活、恢復精神的尼莫擅自坐到漂流木長椅上，將拔出來的短劍指向我如此命令。

這傢伙難道不靠武力就沒辦法對話嗎？我真不應該救她的。

「哪有白痴會把這麼新鮮的鯛魚拿來烤啦，我要做成生魚片來吃！」

「蠢貨，把生魚放進嘴巴才真的像是在吃毒呀，給我烤熟。」

尼莫這樣講也有一半是對的，內陸出身的歐洲人吃生魚很容易把肚子吃壞。因為他們沒有把魚生吃的習慣，所以身體會不適應。

然而生魚肉中含有各種豐富的維他命，要是加熱就會破壞那些成分。在像是這座孤島一樣沒辦法攝取豐富蔬果的環境中，魚肉應該盡可能生吃才對。

如果維他命攝取不足，遲早會生病。一八四五年的富蘭克林北極海遠征據說也是沒有習慣生吃肉類或魚類的英國人們罹患了壞血病相繼倒下，進而導致一二九名探險隊員全滅的。

「生吃！」

「烤熟！」

我和尼莫為了一條鯛魚的吃法而拔刀相向，瞪視對方。身為各自家臣的猴子和狗也「吱吱！」「嗚～！」地露出利牙互相對峙。

一方面因為是文化上的對立，我本來以為這場爭執彼此都不會讓步的……

可是尼莫卻忽然不再瞪我，把短劍像體操棍般華麗轉了一圈，收回劍鞘。

「那麼就分成一半，把我的那一半烤熟吧。那個粥也分我一半就好。」

嗯……？

「呃，如果是那樣還……等等，為什麼我要分妳那麼多東西吃啦？」

我忍不住如此牢騷，不過總覺得尼莫……雖然講話依舊帶刺……

但態度似乎稍微軟化了。經過毒菇那件事之後。

「重視晚餐是法國跟日本的共通文化不是嗎？我晚上也想吃豐盛一點呀。」

「這樣沒有回答到我的問題，而且這分量也不夠兩個人吃啦。」

畢竟要是尼莫又因為沒東西吃而跑去吃毒草也不好，所以我是願意給她東西吃……可是如果我自己不吃也會倒下。就算我們分著吃，光只有這條鯛魚跟這鍋粥不太夠兩人份的熱量。

就在我看著營火廚房如此思考的時候，尼莫「哼哼」地挺起胸膛——

「我就知道你會那樣講，所以我今天也帶糧食來了。拿去煮吧。」

說著，從大衣口袋中掏出了兩顆像雞蛋的白蛋。

蛋……！這可是好東西。不但營養豐富，也能補充不足的熱量。

不過這是什麼蛋？搞不清楚這點的話我也會怕啊。

「這是什麼蛋啦？總不會是妳生的吧？」

我把蛋拿過來並如此說後，尼莫立刻「啪！」地賞了我一個巴掌……

「尼莫島的某個區域有很多候鳥，自從上次開槍沒打死之後，牠們只要一見到我就會逃掉。而在牠們丟下的鳥巢中經常會有蛋留在裡面。我後來也撿了相當多的蛋，不過因為候鳥會源源不絕到島上來，所以讓我可以很穩定地獲得蛋呀。」

難怪……我才想說尼莫的飲食營養怎麼好像不錯，原來她有吃鳥蛋。這還真是個盲點。另外，原來尼莫把那座大島稱為尼莫島啊。那麼這座小島就是金次島了嗎？

把蛋賞賜給我的尼莫提督閣下在漂流木長椅上擺出很高高在上的樣子……

「畢竟我可不想再被你這傢伙要求說什麼『想分到糧食就叫我「主人♡」』之類不知羞恥的臺詞。雖然我沒談過什麼戀愛也不清楚詳情，但我的自尊可不允許自己對敵人說出那種像戀愛的女人對男人講的臺詞。」

「我、我才沒有要求妳講那種話好嗎！」

我把尼莫給的蛋敲開放進粥裡的同時——因為尼莫用稍微比較嬌細的聲音叫出一聲『主人♡』……感覺莫名可愛，害我稍微慌了一下。

對那樣的自己感到火大的我，接著把鯛魚切成兩片，一半烤熟，一半做成生魚片……放到用葉片做的盤子上，跟尼莫分著吃。結果……

「好吃……！」

「嗯，雖然我很久沒吃魚了，不過大概是空腹的關係，吃起來味道還可以。我就稱讚你一下吧。」

用木製叉子吃魚肉的尼莫閣下也賞了我一句稱讚的話語呢。

我們接著也吃起放了小蝦的鳥蛋粥——美味的食物會誘人展開笑臉的這點，似乎是萬國共通的道理，我和尼莫都很自然地露出愉快的表情……

「真好吃啊……」

「是呀。」

「真的超好吃啊……」

「是呀。」

「呃～……我會講的詞彙很少，所以聽起來或許很怪……但這真的很好吃啊……」

「呵呵，是呀。」

嗚。尼莫笑了。

那笑聲充滿女孩子的感覺——而且明明是在這樣原始的地方，但她或許本性上就是個千金大小姐，笑起來莫名有氣質——害我又不禁心動了一下。

……不、不妙，因為跟尼莫相遇好幾次，最近又幾乎每晚見面的緣故……

不好的現象漸漸發生了。

畢竟她是個美少女，所以我從一開始就對她警戒心很高。可是經過毒菇事件之後態度稍微柔和下來的尼莫……該怎麼說……讓我開始覺得可愛了，不只是長相，而是以一個女孩子來說。

以前加奈有講過一套心理學的說法——人與異性之間的距離會隨著雙方相遇次數增加而越來越靠近。因為人在本能上會把見過好幾次的異性視為『與自己在同一個生活圈行動＝兩人之間生下小孩可以一起養育＝能夠安全讓基因傳下去的對象』。即便是原本互相敵對的男女，只要一起生活就難逃這樣的命運。而大哥就如他自己的這套說法一樣，和佩特拉變成了那樣的關係。

（等等，這樣不行啊！這傢伙可是不共戴天的敵人……！）

我腦中越是這樣想，就反而越覺得此刻坐在我面前吃鯛魚的尼莫——嬌小的身體，吃到美食而有些陶醉的琉璃色雙眼，如美麗花瓣似的樹莓色雙唇，髮量豐富的水藍色雙馬尾，以及雖然被軍服緊密防衛著——但以前我不小心摸過的美形雙峰，都讓我在意。甚至連小臉蛋的尼莫戴一頂大軍帽的模樣都像是在角色扮演一樣，讓人覺得可愛。

糟糕。在「孤島」這樣的封閉空間裡，只有一公一母生活的過程中——我身為男性的思考迴路基於加奈心理學、白雪倉鼠生物學等等的原因而漸漸變得奇怪了。

我可是抱有「爆發模式」這樣一顆炸彈。要是不快點逃出這座島，搞不好會在某種契機之下——對身為敵人的女孩子做出非常不妙的事情啊。

我為了把注意力從自己開始意識為女性的尼莫身上移開，埋頭猛吃起小蝦粥。結果——

「你慢慢吃呀，遠山金次。呵呵，真是個會吃的男人。」

她又笑得這麼可愛！

「——畢、畢竟想從這裡脫逃出去的話，就要養足體力才行啊。呃～妳看，那裡有一艘正在建造中的竹筏對吧？我再過兩三天，就會搭那個出海去。」

為了掩飾自己的態度，我伸手指向竹筏這麼說後——

大概是吃飽飯想要輕鬆一點而把軍帽脫下來的尼莫……對我輕輕搖頭，讓她那對水藍色的雙馬尾也跟著搖動。

「那玩意頂多只能到環礁而已，不可能脫逃出去。」

「我知道。那只是拿來測試航海用的。我接下來會做一艘更大的竹筏，找到有人居住的島嶼然後回日本去。畢竟離高認也沒多少天了。」

「糕任？」

尼莫聽到我用日文講出的這個詞彙，頓時愣了一下。

「高級中學畢業程度認定測驗。妳似乎也已經知道了，我只有高中退學的學歷。為了得到參加大學入學考的資格，我必須先去參加這項測驗才行。」

才十五歲就——明顯是跳級——取得法國國家學位的尼莫對於我可悲的學歷抽動臉頰露出苦笑。該死的傢伙！雖然這樣讓我對尼莫的好感下降是好事，但妳給我向全國只有初中學歷的人道歉！

「話說在先，我不會讓妳一起搭竹筏。或者說，在設計上也沒辦法讓妳搭。妳雖然身材嬌小，可是如果多加上妳的體重跟要給妳吃的糧食與水，竹筏就沉了。」

越覺得可愛就越感到可恨的我，對尼莫說出這樣壞心眼的話。

「不過等我脫逃出去之後，要我幫妳叫直升機來救妳也行。只要妳現在向我磕頭，對自己以前做過的事情好好道歉，發誓不再從事『N』的活動就可以。」

聽到我話中帶刺地如此說道後，尼莫又搖搖頭……

「你把它當划船遊戲玩玩就好。大海可沒有你想的那樣簡單。」

她這麼說完後，像在思考什麼事情似地瞇起那對看起來很聰明的眼睛。

總覺得她是得知我在準備脫逃出去，換句話說就是朝著與尼莫分別的日子加速衝刺——而想說在那之前要跟我講什麼話的樣子。

沉默了一段時間的尼莫，以她身後平靜的海浪聲為背景……

「……話說，遠山金次，我們現在是在共存吧。」

不知怎麼很唐突地講出了這樣一句話。

「呃，僅限於現在來講，是沒錯啦。」

我和尼莫一同居住在「孤島」這樣的小空間中，姑且不論過程如何，就結果來說也偶爾會互相提供東西或情報。雖然立場上依舊敵對，不過這狀況要說是斷續性的共存也可以。

「我就來加深一下你對N的理解吧。N所期望的目標，就是像這樣的事情。」

尼莫像在示意這座島以及我們本身，而稍微張開雙臂給我看。

「像這樣的、事情……？」

「例如說，你上次稱呼我為『陰森的魔女』——不，我並沒有要責備你這件事的意思。人本來就會對於和自己相異的存在，也就是所謂的異能或異形感到畏懼。也因為如此，超自然的存在容易被當成神明供奉。這樣講起來或許很好聽，但其實簡單講就是把那樣的存在與世間隔絕的意思。」

尼莫的語氣——聽起來與其說是在講一般狀況，更感覺像是針對一開頭提到的「N」在講述。

回想起來……伊藤茉斬據說是在日本某處的鄉下地方被人們奉為「活神明」，本來應該一輩子都被關在神社中，遭到隱藏的命運。

獅子頭的古羅馬劍鬥士古蘭督卡以及他的女兒伊歐也是……雖然在尼羅河源流區似乎受人崇拜，但如果沒有藉助於N的力量也沒辦法到外面世界的樣子。至於瓦爾基麗雅和墨丘利，我也不認為她們能夠大搖大擺地走在街上。

不，其實不僅限於N的成員，在這個普通人占多數的世界中——這類超自然的存在們總容易遭到恐懼、遭到歧視。

我雖然很悲哀地在身為武偵不斷戰鬥的日子中已經漸漸習慣那樣的存在，但剛開始的時候……我光是看到理子像念力一樣用超能力操縱自己頭髮的情境，就感到很恐怖了。

日本產的超能力一族——星伽巫女們也是極為排外，限制族人與世間的交流。我想這樣的傳統應該也意味著她們過去無法和一般人民建立起友好關係的歷史吧。還有霸美跟閻那群緋鬼，卡羯那群魔女連隊，玉藻或猴那些被稱為神佛的存在，都沒辦法過著和普通人一樣光明正大的生活方式。就連貞德、佩特拉和莎拉那些跟普通人比較接近的超能力者們，生活中也會避免在人前大模大樣地使用自己的能力——施展魔術。因為她們很清楚那樣做會遭到人們畏懼，被視為異端。

而從語氣上聽起來，身為超超能力者的尼莫也是——

「——在這點上，我也一樣。」

原來如此。

大概是覺得再講下去會聽起來像訴苦的緣故，尼莫對於自己的事情沒再多說什麼。不過……想必這傢伙也因為不是普通的人類，而嘗過孤獨的滋味吧。所以她非常能理解N的成員們在現今世界中的立場，並肩負起組織中的重要地位。

「你們N是希望讓像自己一樣的……超能力者，或是異形的存在……能夠和普通的人類共存是嗎？」

「以遠山金次的腦袋來講，推理得很快嘛。至少我是這麼想的。」

多虧一同用餐達到的效果，這下讓我知道了尼莫加入N的動機。但是——

我總覺得怪怪的。

如果是為了讓超自然存在與平凡人共存，N的——『讓世界文明退回過去』的手法未免太小題大作、太粗暴、太拐彎抹角了，而且和歷史上人類為了對抗種族歧視或少數群體歧視所採取的行動模式也大相逕庭。

尼莫以前在廣場會談的時候雖然說過什麼『過去的時代清廉而美麗』之類的話，但那些應該只是故意講得很詩情畫意來引誘貝瑞塔的發言。畢竟那和剛才尼莫自己講的動機感覺完全沒有關係。

就在如此思考的時候……我回想起在武偵高中偵探科學過『當犯罪組織的目的與行動之間存在偏差時』的思考方式，頓時想通。

（——我看出來了。恐怕……N並不是單一集團，而是**兩個集團**……）

目的與行動之間看起來存在偏差的組織，多半都有兩名以上的領袖。

舉例來說，假設在美國——某個城鎮中有一名黑人男性，是城鎮中第二有錢的人。有一天這名男性遭到強盜組織襲擊，被奪走了財物。如果要搶就去搶城鎮中第一有錢的人不就好了？為什麼強盜組織會這麼做？

這是有點像範例問題的東西，而答案很簡單——因為這個強盜組織中有個只想搶劫財物的領袖，以及想要傷害黑人的種族歧視者領袖。兩名領袖各自率領的集團合成一個組織互相協力，而導致了這樣的現象。

因為尼莫總是抱著敬意，害我以為尼莫和莫里亞蒂之間存在什麼上下關係。然而尼莫的『提督』與莫里亞蒂的『教授』如果光照字面上解釋，兩者之間並沒有分什麼上下。

換言之——N那群人除了尼莫主張的『超自然與平凡共存』之外，還同時有其他不同的目的。而那個目的才真正是應該阻止的東西。

「『至少我是這麼想』是嗎？尼莫——也就是說在N裡面，有另外一派的人抱著和妳不同的目的對吧？而妳一方面也是為了那些人，才會試圖讓時代逆流的。」

那一派人馬的首領……應該就是至今尚未現身的莫里亞蒂教授。

就在我打算如此深入這個話題的時候——

尼莫彷彿在說『你答對了』似地微微笑一下……

「好啦，遠山金次，你可知道像我、瓦爾基麗雅和墨丘利這樣的人，為什麼會存在於這個世界上嗎？」

她……改變了話題，是想要蒙混過去嗎？

還是說，這正是她對於莫里亞蒂那派人馬的目的所給我的提示嗎？

不管怎麼說——尼莫提出的這個問題讓我頓時愣住了。

超能力者和異形的存在，**為什麼會出現在這個世界上**？那種問題我連想都沒想過。

我頂多只是覺得大概就像突變種一樣，會以一定的機率自然發生而已。

然而尼莫她——

「我因為加入N，得知了那個偉大的緣由。包含我的起源在內，教授全部都知道呀。」

她似乎**知道**那個答案。

「這將會大幅顛覆並改寫世界歷史與生物學理論，是人類歷史的一次知識革命。人類很快就會知道這件事，而且不得不接受這件事。必須讓世界回到過去的理由也同樣在這之中。」

「必須讓世界回到過去的理由到底是什麼？莫……『教授』的目的到底是什麼？」

因為要是叫出莫里亞蒂的名字尼莫就會生氣，於是我如此詢問她。

只要再一步，只要再搞清楚這點……我想我應該就能一口氣理解『N』這個敵人了。可是……

「如果你願意到N來成為我們的同志，便能夠知道一切了。」

既然她加上了『如果成為同志』這項條件，就代表如果我不成為同志就要把我消滅的意思。

我好歹是個武偵，絕對不會加入恐怖分子的行列。如果話題被帶向那邊，只會讓對話提早結束而已。我現在還是敷衍過去比較好。

於是我很刻意地嘆了一口氣……

「使文明回到中古世紀，讓妳們這些魔女和我們這些普通人類共存，屋外到處可以看到哈比鳥或飛龍之類的生物……像勇鬥那樣的世界是嗎？我可不想住。」

我隨便如此講講後，尼莫輕笑了一下。

感覺像是她對於依然沒打算加入N的我放棄了。

「勇者鬥惡龍──任天堂的遊戲嗎？嗯，這比喻很好。」

「是史克艾尼啦，以前是艾尼克斯。」

「我雖然沒玩過，但知道那個世界觀。教授也說過，未來的地面世界大概就是像那樣子。」

聽到她這麼說……我想像了一下巴斯克維爾小隊的成員們（亞莉亞、我、白雪、理子、蕾姬）穿著鎧甲或長袍，用劍與魔法跟怪獸弗拉德或古蘭督卡戰鬥的情景。嗯，太怪了。

不管怎麼說，尼莫似乎也在敷衍我的樣子。大概是她不想把內心尊敬的教授的想法輕易說出口吧。既然這樣，我應該對她說的就是——

「……尼莫，聽完這段話，有件事讓我感到反省了。老實講……我一直都對你們抱有恐懼。明明自己的夥伴裡也有超能力者或妖魔鬼怪，但我心中某個角落卻總是認為他們與自己不一樣，是教人搞不清楚的存在。對你們抱有恐懼或者歧視，是不對的。我也承認你們擁有比普通人類優異的部分。」

首先是道歉。對包含尼莫在內的所有超自然存在們。

聽到身為敵人的我講出這種話，尼莫頓時微微睜大眼睛。不過……

「不過同樣地——我也認同普通的人類。人類會發現自己的錯誤，一直以來都是。在漫長的歷史中一步一步，廢除奴隸制度，廢除階級制度，也漸漸在拋棄因膚色或眼睛顏色就歧視別人的想法。只要你們別再繼續分化人類促使鬥爭，現在互相仇視的國與國、民族與民族——甚至像我們這些凡人與你們這些超人——也總有一天會主動放棄對立與歧視。」

我這並不是在背誦道德教科書上寫的漂亮話，而是藉由回顧人類的歷史，推測出將來應該會如此。在這部分，我有相當程度的確信。

然而——

「那是你的真心話嗎？很遺憾，那只是在作夢。教授也說過，人類並沒有進化到那種程度。因為人類不夠成熟，所以還沒辦法靠自己做到那種事。必須有誰介入才行。」

大概因為是受到迫害的那一方，超超能力者尼莫——很頑固。

她已經放棄了，認為人類不可能自己跨越種族隔閡。

所以她才會露出那樣悲傷的眼神，用教誨似的口氣對我說這些話。不過……

「——那是我的真心話。也許只是作夢，但真心話是夢想有什麼不好？而且妳也別說人類辦不到。讓原本辦不到的事情變得可以辦到——化不可能為可能，這才是人類應有的姿態啊。」

「對不可能的事情感到放棄，同樣是人類應有的姿態。教授也——」

「教授教授教授的，我說妳啊……如果只是因為教授要妳那樣思考才那樣思考，到頭來只會被別人的想法牽著鼻子走，一輩子只為了別人而活喔。就算有個再怎麼值得尊敬的長官，身為一個人重要的並不是別人認不認同，而是自己能不能認同自己不是嗎？」

我如此說教後……

尼莫的個性大概也有坦率的部分，而默默思考了一下，接著露出孤獨的眼神……

「自己認同自己，那樣的感覺——我不太懂。願意認同像我這種超超能力者的人物，只有教授而已。」

她似乎是個自我肯定感很低的類型，一副很寂寞地這麼說道……害我忍不住……

「我也認同妳。妳腦袋聰明，也是像這樣可以好好溝通的對象，而且也很可……」

一句接一句的稱讚節奏讓我差點把『很可愛』這種話都脫口而出，趕緊住嘴。

但畢竟都講出了一半，我是不知道尼莫有沒有聽出來，不過……

「我、我可是你的敵人呀。」

她當場臉紅，露出無法理解身為敵人的我為什麼要稱讚她的驚慌表情。

「有什麼關係？有個能夠認同的敵人也好啊。」

面對只要坐下來好好交談就真的很可愛的尼莫，我也忍不住臉紅起來……把視線逃向夜晚的海面。

接著好一段時間，我們都沉默不語……

周圍只聽到這座島的聲音——像是波浪打上岸的聲音，還有椰子樹葉摩擦的聲音。

在閃爍的銀河底下，尼莫彷彿在尋找什麼般將視線望向遠方星空——

然後拿起放在漂流木長椅上的軍帽。

就好像表明自己還是要身為N的成員沾下去似地——深深戴到蓋住視線。

「我和你……如果能再早一點相識，或許會更好呢。」

尼莫如此說的聲音，帶有遺憾的感覺，

她的表情看起來就像這次真的是最後一次邀請我加入N的機會。

而在這點上，她應該是對的。畢竟我打算近日內就出海去。尼莫她……大概是認為我無論如何都會出發，而只要出發就再也見不到面了。不管我最後是抵達了別的陸地──還是死在海中。

後來過了兩天，竹筏終於完成。

為了得到浮力，在船底排列有較粗的竹子。尤其是相當於龍骨的中央部分，我特別將好幾根竹子綁成一束，做得比較牢固。船艏和船尾部分則是一邊用火烤一邊壓在岩石上，靠第二類槓桿原理彎曲竹子，做成尖端與尾端。為了提高復原力──也就是橫向的穩定性，以防止翻覆，我也有用舷外支架在左右兩邊加上浮筒。

然而這終究只是一艘單人使用、沒有船帆的手划船，沒辦法到波浪較強的外海。

即便如此，能夠出海還是有很大的意義。

我漂流到這座島的時候，在海上游了一段距離。當時往四周望去都沒有看到陸地──但那是僅限於島嶼南方。搞不好在北方、東方或西方，只要稍微出海一點就能看到有人居住的島嶼。就算這次沒能一下子發現島嶼，只要把近海的風向或海流繪製成海圖，也能在下次派上用場。

我想說至少去跟尼莫告知一聲我要去測試航海的事情，所以一大早就來到大島的小屋……可是尼莫大概是去泉水那邊洗澡了，不在小屋裡。於是我留下一張寫有『我去海上看看』的便條紙──便看著手錶走回小島。

這幾天我都有在測量時間，所以知道漲潮的時刻。距離現在還有幾分鐘。雖然小金次很想跟我一起來，但要是牠不小心掉進海中就不好了。因此我讓牠留在沙灘上……

「乾貝柱ＯＫ，金次牌穀物棒ＯＫ，椰子水壺ＯＫ，遇上鯊魚時用的八岐大蛇ＯＫ——出發吧——！」

趁海面因漲潮而延伸到造船地點的時候，我將竹筏推到海上。在海浪牽引下，竹筏自然被拉向海上。我接著跳上甲板，用紅樹林中砍來的長船槳往淺灘一頂，讓船體前進。

就這樣，竹筏比我想像中還順利地出海了。

事前我有做模型確認過重量平衡，而且用蕁麻繩牢固綑綁的船體——非常安定。很好，出航相當成功。

然而就在我把船槳放到船尾，往前划船時——卻發現竹筏怎麼也離不開島邊。就算把竹筏划向海上，又會被海浪沖回來。

當初漂流到這島上的時候——我雖然是靠游泳，不過尼莫是漂來的。魚鷹的破片還有我的書包也是。換言之，這座島的南側有**流向島嶼**的海流。恐怕是在海中圍繞島嶼周圍的環礁形狀所導致。

有預想到這點的我，為了尋找從島嶼流向外海的離岸海流而讓竹筏轉彎。將簡易船舵轉向，沿南↓東↓北的方向繞過大島周圍……就在來到島嶼西北方的時候，海流方向忽然改變。

「就是這裡，這就是出口了……！」

所謂的海流就像是海上的坡道。往上坡方向是怎麼划也難以前進，但如果是往下坡方向則就算不划也會前進。我再度轉舵，讓竹筏划上那個離岸流——結果就真的像從陡峭斜坡上往下滑一樣，離島嶼越來越遠，速度快到甚至教人害怕……

（……嗚……！）

我為了確認距離而轉回頭看向島，發現自己已經遠離到可以把整座島都收進視野中。

明明才生活大約兩個禮拜而已——小島與大島上的各處就讓我感到懷念起來了。把金天的水手服放著沒帶走的竹造小屋、存放乾貨的洞穴、尼莫的海灘——這些全都離我遠去。

就這樣，島嶼變得越來越小……越來越小……

當島嶼的一部分沉入水平線之下，看上去變得像兩座島的時候……

「……？」

我很快地在北方遠處看到黑色的影子了。太好啦，這或許也是新手運呢。在那裡有別的島嶼……不對……影子在動。那是什麼……？

我如此想著，並繼續往北划去——看到了那個黑影上面噴出了像霧氣一樣的海水。

……是鯨魚啊。

不禁失望的同時，我因為自從荷蘭那次以來很久沒看到鯨魚而呆呆望了牠一段時間……

「……哦……！」

結果發現在鯨魚另一側的海面上又有一個黑色物體，讓我忍不住叫出聲音。

那影子沒有動。

這次真的就是島嶼之類的了！於是我歡欣鼓舞地把竹筏划過去。海流現在是順流，風向也是吹南風。我為了把自己的背部當成船帆而挺直身體站在船尾，全力往前划、往前划、往前划——

「……」

但是漸漸看清楚那東西的形狀時，我又再度沮喪垂頭。

那不是島嶼……是岩石，從遠處也能看出來那上面連一根草都沒長。

從這裡也能看到其他幾個像是岩石的影子。從那座大島是火山島這件事來推測，或許這附近一帶到處都有類似的海底隆起以及圍繞在周圍的珊瑚礁吧。

不過知道了這點又是另一個發現，一項重要情報。雖然從這裡看到的岩石全都很小——但從地形上可以推測它們連同大島、小島在內形成了一個列島。如果是那樣，再往北方或許就有更大的島嶼，幸運一點甚至可能會找到有人居住的島嶼。

這次就算沒能抵達有人島也沒關係，只要有找到就行了。只要能找到，下次就能建造一艘更像樣的船渡海過去。

就這樣，我朝著北方繼續划著，划著……

「……嗯……？」

忽然發現一件事。

我並沒有朝著北方。剛才發現在北方的那個岩石現在在東北方，漸漸沉下水平線。雖然因為沒有指南針所以很難判斷，但我似乎被海流帶向西方了。看來這海流會隨著時間而改變流向的樣子。

我有點慌張地趕緊轉舵，划著船槳讓竹筏轉向之後抬起頭，卻發現剛才可以看到的岩石全都看不見了。我正以相當快的速度被海流帶走啊。

對這點感到危險的我決定中斷探索，回島上去——可是現在放眼望去三百六十度全都是海面，大島與小島早就已經沉到水平線的另一側。我搞不清楚自己和島之間的相對位置。

（總之先往東南方划……！必須從太陽的位置確認方向才行——）

我為了回去島嶼而抬頭看向天空，但是……不妙啊，天空漸漸變陰了。太陽被雲遮住，讓我難以判斷正確的位置。

竹筏此刻也依然繼續被海流帶向不知何方，而且現在速度已經快到用看的就能判斷的程度，簡直就像在河川順流而下一樣。

「……嗚……！」

要是再這樣被沖往不對的方向就完蛋了。

可是我又不知道應該往哪邊去才對。

（總之要先從這個湍急的海流中脫逃出去才行……！）

於是我再度掙扎似地拚命划槳。現在不用管什麼方向，必須找個可以讓竹筏停下來的地方，等待太陽出來再重新決定行進方向。

然而天上的雲就像快轉影像一樣飄來，變得越來越厚、越來越黑。已經不是在意太陽怎樣的程度了，甚至……還下起了雨。而且是從一開始就很大顆、劈里啪啦打在身上的那種。

沒有任何遮蔽物的海上天氣比島上更加變化快速。風力也隨著一分一秒增強，讓海浪變得洶湧起來。海水「嘩唰！嘩唰！」一地潑到竹筏甲板上，海浪高度一波高過一波。海流也強到幾乎快把船槳折斷，讓我沒辦法將竹筏划出去。

幾分鐘後大雨便增強為豪雨，海上還颳起了強風。

「嗚哇……！」

襲來的海浪高度也幾乎快要跟我的身高一樣了。

即便如此我還是不能改變划槳的姿勢，結果海水進到耳朵裡擾亂了我的平衡感。

竹筏的搖晃程度也越來越激烈，搞不好會讓我掉進海中。必須趴下身體才行——

——不，要是我停下划槳就完蛋了。我會被沖向汪洋大海中不知什麼地方去的。

雖然我這麼想，可是——該死！現在不只是海浪，就連風也漸漸增強為我從未體驗過的暴風。雨也變成從側面毆打身體似的人豪雨，讓我甚至連自己腳下的竹筏都看不清楚了。

（加油啊！海流之中也有流向大島、小島方向的——！只要能搭上那海流，一定可以回到島上……！）

可是——我根本不知道那個海流究竟在哪個方向，更重要的是我沒辦法脫離現在這個激烈的海流。每當海浪從側面打來，竹筏就會傾斜三十度，不，甚至四十度。這下已經沒辦法划槳，我光是抓著甲板不要摔進海中就很吃力了。

一波又一波的巨浪淹沒竹筏。從頭頂上落下來的海水重得幾乎要把人壓死，讓我的頭部被緊緊壓在竹筏船體上。浮上海面換氣的時候也有暴風雨像淋浴一樣打在臉上，緊接著又是下一波巨浪。我連叫出聲音的時間都沒有——堆在船上的水與糧食就被海浪給奪走了。

——啪哧——！

教人絕望的聲響——與其說是聲音不如說是震動，忽然沿著船體傳來。

我為了保持船體平衡而設計在竹筏左右兩邊的舷外浮筒與船體連接的支架上，綑綁固定用的繩子……斷掉了……！

船體的傾斜程度霎時變得更加嚴重，竹筏就像巨人翻動手掌一樣當場翻覆。摔進海中的我拚命抓著船體，簡直就像隻掉入洗衣機的老鼠。

啪哧！啪擦！喀啦！喀啦啦！……繩索斷裂的聲音與竹子互相碰撞的聲響不斷傳來。船體——漸漸四分五裂了——！

被拔下來的竹子捲入海浪中，宛如長槍從左右朝我襲來。船舵被折斷，船槳也被沖走，如今竹筏已經完全無法操縱。

船體從外側開始逐漸被拆散，浮力也隨之越來越弱，開始被抓在上面的我壓沉。

就算我把頭伸出海面，也看不到現在自己抱著的竹筏勉強應該還剩下的部分。是我自己讓它沉到水面下的。

（必須盡可能減輕重量才行……！）

要是剩下的竹子浮力低過我的體重，我就連漂流都辦不到了。珊瑚這種東西非常銳利，在海中隨便碰撞到就會像利刃般割開人體。換言之，珊瑚礁海域就是一片刀劍之海，沒辦法游泳。我絕對不能讓這個竹筏沉沒！

「——……！」

不得已之下，我緊急操作原本為了對付鯊魚而穿在身上的護具彈匣——把子彈全部拋棄。彈鍊「唰啦啦」地排出去的聲音被怒濤與暴風雨的聲音掩蓋，不過我可以感受到身體變輕了。子彈成功排出，於是我抬起頭一看……

「……嗚……！」

——一道宛如十公尺高牆的巨浪伴隨強風朝我逼近。

讓人感覺莫名緩慢的大海起伏讓我漂浮的海面漸漸傾斜得像個坡道，傾斜角度越來越陡。我就像被塗抹在波浪形成的牆壁上，連同海面以及竹筏破片一起被往上抬高。一公尺、兩公尺、三公尺——

（……嗚……！）

天空忽然變暗，於是我抬頭一看，發現是海浪形成的天花板遮住了我上空。

我就這樣被關在巨大波浪形成的圓管中——毫無手段對抗這股力量。

唯一能做的事情，就是在重達好幾萬噸的海水被地球重力吸引而落下之前……

深深地，吸進了一口氣。

……

…………

…………

「……金……次……！」

…………

……我似乎、聽到什麼聲音……

接著是某種柔軟的東西貼到我的嘴上，將一股溫暖的氣體吹進我體內的觸感……

「……遠……次！」

這是……叫聲……？

可是因為耳朵進水，加上激烈的暴風雨聲，讓我聽不太清楚……

我微微睜開眼皮，看見在眼前不到五公分的近距離——

是軍帽的黑色帽簷與白色帽頂上豪雨飛濺，水藍色的雙馬尾被強風吹颳的尼莫的

臉。

「……遠山金次！」

我對上視線後，尼莫便睜大她琉璃藍色的眼睛……用寬鬆軍服底下的纖細手臂將我的上半身抱起來。因此改變了姿勢的我——

「嗚！……咳！……咳咳……！」

又全身趴下來，把海水吐到淹水的沙灘上。

鼻子好痛，全身又冷又疼。有如受過好幾個小時的私刑虐待般，脖子、背脊、手腳、每一根指頭乃至眼皮都像是被扭爛一樣疼痛。而且不只是扭傷而已，到處還有撞傷擦傷，全身幾乎沒有一處不痛。

在武偵高中受過宛如拷問的水中訓練，在荷蘭也遭遇過溺死事件……我本來以為自己算是很習慣溺水了，但這次的等級完全不同。簡直受到了人生中最大級的傷害。

然而，即便如此……

我還能呼吸。手腳底下撐住的地方很穩定，是在陸地上。

（我、我得救了……嗎……？）

雖然因為下雨淹水而變得像淺灘一樣，不過這片白沙——還有尼莫——這裡是、原本那座島啊。

我抬起頭，用視線模糊的眼睛環顧周圍，知道了這裡是大島南側……尼莫海灘。

在岩岸處可以看到碎裂的竹子破片被打到岸上。看來我是跟著壞掉的竹筏一起被海浪沖著……沖著……漂流到了這座島上。

出航時我也發現了流向這座島的海流，看來這座島是位於一個巨大漩渦般的海流中心，形成各種漂流物聚集的地方。怪不得這裡的漂流木會那麼多。

（換句話說……不管我往什麼方向划，都會被帶回原處的意思嗎……）

在不斷拍打身體的雨水中，我搖搖晃晃地站起來。

仔細一看，小金次就在我腳邊，彷彿為我的生還感到開心似地吱吱叫著跑來跑去。

攙扶著我並且從一旁抬頭看向我的尼莫先是含淚呢喃了一句「……Tant mieux（太好了）……」之後……

「──這個蠢貨！不要擅自離開呀！」

忽然用不輸給海灘上沙沙雨聲的大聲量對我如此怒吼。髮量很多的雙馬尾都在風中豎起來，就連腳邊那隻她養的狗都當場被嚇呆了。

「抱歉……妳那天晚上說得沒錯……人海沒有我想的那麼簡單。我對於海太過無知了。我完全以為我這次要死啦……尼莫，謝謝妳……」

尼莫似乎在這個暴風雨之中對我做了什麼看護行為，於是我這麼道謝後……

她像是想起了什麼事情似地將視線望向我嘴巴附近，接著忽然臉紅起來，「啪！」地用她兩手寬鬆的袖子摀住自己嘴巴。

「我、我會救你是因為、呃、要是你死了就沒人可以跟我較勁啦。就只是那樣。是為了我自己。而且要是沒了負責收集食材、料理食物的人，我也會很麻煩呀。」

我什麼時候負責起那種任務了？

不過尼莫就像在打手旗信號似地不斷揮動雙臂，讓雨水都隨之飛濺，感覺似乎在講什麼藉口。

即使沒說出口，但或許她是為了之前毒菇那件事情想對我報恩吧。雖然我覺得如果只是那樣，她也表現得未免太過害羞就是了。話說——

「……真虧妳可以發現我漂流到島上啊。在這麼惡劣的天氣中。」

「是你那隻猴子慌慌張張跑到我這裡來拉扯我靴子——所以我才跟蘭迪斯一起跟牠過來，結果就看到你像個浮屍一樣漂浮在岩岸邊呀。」

所以她就把我拉到這片沙灘，看護我是嗎？蘭迪斯應該是她養的那隻狗的名字吧。尼莫這傢伙有個壞習慣，總是會省略掉很多說明啊。

「看來我差點就成了土左衛門（註3）啦。小金次，你也是我的救命恩人，不，恩猴啊。」

「實際上你這傢伙剛才真的是心肺停止狀態呀。還、還、還有剛才那是急救行為喔，絕、絕、絕對不是、呃、接吻。不能算是我第一次對男人接吻喔。」

尼莫紅著臉慌慌張張地說了些什麼話，但是後半段被暴風聲音掩蓋，讓我沒聽清

註3　成瀨川土左衛門，江戶時代的相撲力士。膚白體胖，故有人玩笑稱泡水浮腫的浮屍「看起來就像土左衛門一樣」而使「土左衛門」成了對浮屍的代稱。

楚。

畢竟——

「……！……」

「……！」

轟降作響的狂風——正一分一秒增強，讓我們兩人都忍不住望向周圍。明明剛才為止的風就已經強勁到我從未體驗過的程度地說。

應該吸了水變得很重的沙子也還是炸開似地移動著。貝殼、椰子樹葉甚至石頭和木片——各式各樣的東西都在周圍被颳起。尼莫的小屋雖然還勉強撐著，不過看起來遲早會倒塌。

我抓起為了不被吹走而用四肢撐著身體的小金次，把牠塞進自己衣服中——

「——尼莫，我們去避難吧，在這種強風中搞不好連人都會被颳走。小島那邊有個洞穴，雖然很窄，但那裡肯定不會有風吹進去。痛痛痛……」

我拖著疼痛的身體，拉著尼莫的手——走向小島。

從山上和叢林中不斷「嘩唰嘩唰」地流出雨水，讓島上的海灘都變得像河川一樣。剛漂流到島上的隔天我還為了找水四處奔波，現在這島上卻到處都在淹水啊。

大概是圍繞在島周圍的珊瑚礁發揮了消波塊的效果，很幸運地海浪並沒有很高。

也因此我們勉強通過了大島與小島之間的通路……

在幾乎讓人連呼吸都很困難的暴風雨中，我們走在小島的沙灘上——

「……啊！該死……」

我辛辛苦苦建起來的小屋已經悽慘地倒塌四散了，把我的竹筏也擊沉的這個暴風恐怕是會一路颳到日本的颱風吧。颱風就連現代建築都能夠吹垮，簡易搭建的小屋當然會撐不住了。

我——帶著用墨丘利變的繩索牽住蘭迪斯不讓牠被颳走的尼莫，在如果不彎低身子就會被吹倒的大風中努力往前進。把夾在倒塌小屋柱子下的書包拔出來，瞇起被雨滴打得很痛的眼皮，緊咬牙根，一步一步踏穩腳步，以一分鐘僅僅二十公尺的速度走著。體感上風速約有五十公尺／秒，連呼吸都很難。簡直就像莎拉．漢的龍捲地獄一樣……！

即便如此，我們還是拚命忍耐……好不容易才抵達了位於小島西南側的洞穴。

接著彎下身體鑽進昏暗的洞穴，在盡頭處轉彎後……多虧洞穴形狀呈現L字形的緣故，除了聲音以外幾乎感受不到外面的風雨了。

儘管已經精疲力盡——不過我、尼莫、小金次與蘭迪斯都逃過被風吹到水平線的命運啦。

然而我們才剛鬆了一口氣，就在光線幾乎照不進來的洞穴中……

「……！……」

「……嗚……！」

我和尼莫都驚訝得忍不住停住呼吸。因為我們看到有犀鳥、食火雞、穿山甲、袋貂、蛇、蜥蜴、陸龜等等各式各樣的生物擠在洞穴裡。這種事情我是第一次遇到。

平常總是互爭地盤，有時甚至會互相獵食的鳥獸們……現在卻絲毫沒有要爭鬥的跡象，只是靜靜地彼此把身體靠在一起。雖然這是相當奇妙的光景，不過——

（這些傢伙本來就知道這個地方，遇到暴風雨的時候就來避難啊……）

既然島上的生物是靠這樣代代延續生命，就證明這裡是個安全的場所。

但有件事情讓我感到遺憾的就是——我之前努力儲藏食物的洞穴深處——現在竟不存在了。或許是風聲化為震動搖盪洞壁的關係，引起崩塌埋住了那地方。我為了隱藏糧食而堆疊的石頭大概也因為坍方而散開了，從崩落的岩石縫隙間可以看到有老鼠進進出出，把乾貨跟穀物的碎片搬出來給小老鼠吃。

「唔……洞窟裡還真是平靜。外頭的慘狀簡直就像騙人的一樣……呀！」

軍帽不斷滴水的尼莫被躲在暗處的老鼠嚇得抱住了我。據說歐洲人到現在還沒擺脫鼠疫的陰影，看來尼莫也會怕老鼠呢。雖然也可能只是因為她是女孩子所以不喜歡老鼠就是了。

「不要怕。動物們也都理解現在不是爭鬥的時候，所以牠不會咬妳啦。」

我說著，在凹凹凸凸的石頭地面上盤腿坐下……

尼莫也不時瞄向老鼠，抱著大腿坐到我面前。

——一片昏暗之中，我們默默不語地等待暴風雨離去。除了等待什麼都做不到，只能一直聽著外面恐怖的聲音。在沙子與小石頭沙啦沙啦掉落下來的洞穴裡，內心祈禱著不要發生嚴重的崩塌，靜靜地與鳥獸們一起縮著身子。

（在這種狀況下，人類跟動物也沒兩樣啊。面對大自然的力量什麼都做不到……）

就在我如此沮喪垂頭的時候——剛才在海中的經驗又閃過我腦海，明明現在也沒淹水卻感到呼吸困難起來。

我只不過是在這座島上生活得稍微比較像樣了，就得意忘形地做了什麼竹筏……自己一個人挑戰大自然。

最後結果就像這樣，不但沒有找到陸地，還差點溺死，全身被蹂躪，更讓我保存下來的子彈全部失去了。

外頭颳掃的颱風聲音，聽起來就像在取笑我一樣。

……今天的事情……讓我心中的某種東西……感覺**被硬生生折斷了**。

那恐怕是像希望或者自信之類的東西。我天真以為可以靠自己一個人的力量脫離無人島，卻被大自然的力量——巨大而無從抵抗的力量給狠狠教訓了一頓。

從文明社會中被切離，丟進大自然中的我……

就跟在這裡的小鳥、小野獸群一樣，只不過是一隻名為「人類」的動物罷了。

在昏暗的洞穴中，我痛切體認到這點。對自己的弱小無力感到沮喪難耐。

漫長得有如三天甚至一個禮拜的一晝夜過去……

……天亮前，暴風雨離開了。

大概是感受到可能崩塌的風險，動物們一隻接著一隻離開了洞穴——而我和尼莫也跟著牠們，一起走出到即將黎明的外頭。

雖然海邊還有略強的風吹著，不過雨已經停息。雖然還很暗，不過已經放晴。

西邊的天空有彷彿被沖洗過而留下的星星群閃爍著，東方的水平線則是呈現一條如棉線般的白色。應該很快就日出了。

我的小屋已經被吹颳得屍骨無存，連原本是建在哪裡都看不出來了……

「……」

「……」

我們兩人拖著步伐回到尼莫海灘……這邊的狀況同樣慘不忍睹。

尼莫小屋只留下一點基石，屋頂和牆壁都四分五裂。木板破片有的漂浮在遠處的海上，有的被埋進沙中只露出一小部分。

山林那一側樹根裸露的懸崖也崩塌下來，連地形都改變了。

簡直就像戰爭後留下的遺跡一樣。不，就算是戰爭也不會破壞得這麼徹底吧。

（無論是住家、糧食、道具……）

我們兩人各自花了好幾天的時間製作，蓄積下來的東西——

全部都在短短幾個小時中被破壞殆盡，消失無蹤。在大自然的力量摧殘下，一無所剩。

渾身溼透的我和尼莫，只能夠呆呆站在原地。

我們——又回到了第一天漂流到這片海灘上的狀態。

一反心中的絕望，東方的天空今早也漸漸呈現薔薇色的美麗黎明景象。

就跟我當初漂流到這座島上的時候一樣，讓人即使在絕望之中也會看得入迷的朝霞。

我和尼莫兩人肩並肩，默默眺望著那片景色。

我們……又回到起點了嗎？

一切的一切，又回到跟剛開始一樣的狀態了嗎？

（不……不對。）

……不是那樣。

唯有一點和當時不一樣。那就是——

「喂。」

大概是想的事情都一樣的關係，Enable 和 Disenable——同時開口了。

「……妳先講。」

「你先說。」

我們都不想要自己先提議跟當時在這片海灘上一起身就互相廝殺的行為完全相反的行動。就連這點上我們兩人都一樣。哎呀，我想也是。這很教人害臊啊。

那麼這樣教人害臊的工作，就由我扛起吧。畢竟尼莫閣下的自尊心很高，要是等她講出口，現在升起的太陽大概都要沉下去了。

「從現在開始——要不要互相合作啊，尼莫。」

我如此開口說道，但眼睛沒有看向尼莫。

「要我考慮看看也是可以，金次。」

尼莫也如此回應，眼睛同樣沒看向我。

「在這地方，大自然才是對手。渺小的人類如果只靠一個人，別說是戰勝大自然了——連能不能活下去都很難說。那樣的人類要是一直彼此爭鬥下去，對雙方都沒有好處。妳雖然是我的敵人，但敵我的概念本身在這種地方根本就微不足道，只是成為生存的絆腳石而已。」

我道出了自己的反省之意後……尼莫重新戴好她的軍帽……

「我也覺得要跟不知羞恥的你友好相處什麼的，很教人討厭。但如果是你自己說要協助我，那好，我就接受暫時休戰吧。」

雖然說從當初尼莫到我這邊來搶食物的時候，其實我們之間的協力行為實質上就已經開始了。不過……

總之我和尼莫決定在這座汪洋孤島上重新來過。

從現在起，彼此協力。

這樣一想，就讓我莫名覺得——昨晚熄滅的希望之火好像又點著了。

明明我們現在才剛失去了 切地說。

「休戰。休假、嗎。說得也是，就暫時休戰。我記得『休假』在法文好像是講

『vacances（度假）』。就讓我們在這美麗的南方島嶼享受度假吧。」

不知道為什麼，我莫名露出笑臉對尼莫如此說道。

「呵呵！你這傢伙還真是樂觀呀。」

尼莫也不知道為什麼，瞇起軍帽帽簷底下的眼睛對我笑了。可愛得甚至教人討厭呢。

4彈　在南方美妙島嶼的度假

《土佐國群書類從》中有一段紀錄，描述在江戶時代，土佐藩的野村長平等人漂流到伊豆諸島的鳥島，經歷十二年以上的野外求生生活最後生還。同樣在江戶時代的《北槎聞略》中也有記載伊勢龜山藩的大黑屋光太夫等人漂流到阿留申群島的阿姆奇特卡島，撐過酷寒的環境，十年後歸返日本。

在這兩段紀錄中都有講到同樣一件事情：雖然沒能全員生還，不過他們之所以能夠再度踏上日本的土地……都要歸功於同伴之間的互相協力。

——如果只能帶一樣東西到無人島，要帶什麼？

這問題的答案其實是『同伴』。各自都在這座無人島上險些喪命的我和尼莫如今才總算得出這個答案，站上了野外求生生活的起跑點。雖然目前還完全沒有頭緒，不過這肯定也是為了將來再度挑戰脫逃的起點。

在颱風過境後的晴空下，背對著現在已經變得平靜而透明的大海——

我和尼莫面向長滿椰子與藤蔓的茂密叢林，很快便開始著手重建生活。畢竟要是發呆一天，就等於浪費一天的體力啊。

首先，我在尼莫海灘上一塊約有吧檯高度的岩石上攤開筆記本，設計屋子。

「這次的房子最重要的就是要牢固。像這樣……這樣建起來的話，萬一又遇上颱風來襲應該也能撐得住。」

尼莫也踮起腳尖，戴著軍帽伸頭到岩石上看向我的設計圖。可是……

「等、等等，這屋子怎麼只有一間？可、可生殖年齡的男女怎麼可以住在同一間屋子！我可不願意！我們又沒有什麼婚姻關係──」

伸到岩石上張望的眼睛周圍，或者應該說是整張臉頓時變得通紅，表達不滿。話說，什麼生殖啦？或許是高貴的尼莫大人想迴避使用粗俗的詞彙，但她這樣講反而更直接更露骨。

「我也不願意啊。但是──」

「什麼叫你不願意！太失禮了！」

明明妳自己也說不願意的……

「如果要建兩間牢固的屋子，我們會把勞動力花在建築上太多──使得那段期間的捕魚、採收跟道具生產等等變得草率。而且萬一我們之間有一方身體不適，另一方住在別的屋子沒能及時發現就完蛋了。」

不只是尼莫那樣想而已，我也對於要和異性住在同個房子非常不情願，因此皺著眉頭這麼對她解釋。

不過像之前尼莫誤食毒菇的時候，要是我發現得晚了就確實很危險。

尼莫自己大概也明白這點，於是——

「那麼只建一間屋子沒關係，但要有兩間臥室。」

她提出了這樣一項妥協案。

「我也想那樣啊……可是我們必須盡可能節約花費在建築上的勞動力……」

「那你就給我睡在沙灘上！我可是高貴名門家的淑女，絕對不會、和男人——睡睡睡在同一張地板上！」

對於這種事情似乎很嚴格的尼莫生氣得大呼小叫，而我聽到她這樣的講法也莫名感到害羞起來了。然而……

「要是把地板面積擴張到兩間房間，需要的柱子數量就要增加，屋頂也會跟著擴張。這樣建造所需的勞動力就算不到兩倍那麼誇張，也會增加七成左右啊。」

「這蠢貨。有個方法可以維持四根柱子，天花板也不用擴張就建造兩間房間呀。」

「嗯？」

「你猜猜看，要怎麼做？滴、答、滴、答……」

「不用倒數計時了，直接講妳想到的點子啦。」

「就是建兩層樓。」

「跟我賣那麼多關子，答案倒是很單純啊……」

我不禁感到掃興——不過哎呀，這麼講確實也有道理。

看到我稍微露出一點接受的表情後，尼莫便一副很了不起似地用鼻子「哼哼」笑了一下……

「要建一塊讓人站上去也不會垮的地板，這點其實一樓也是一樣。換句話說，我們只要建兩塊同樣的地板就行了。若是重複同樣的工程，所需時間也會因熟練而獲得縮短。至於柱子和牆壁，只要把高度加長就可以了。」

「確實……如果採用兩層樓的提案，需要增加的勞動也不會太多。」

我用鉛筆重新設計兩層樓的屋子後，尼莫用她小小的食指比向圖上的二樓……

「而且住在二樓的人可以從地板高度加上自己眼睛高度的四公尺高處監視海上。如此一來，能夠眺望的面積就會增加一百三十平方公里，想必更容易發現偶然經過的船隻或飛機。」

這麼說也對。話說我們明明才剛決定要住在一起的，她就已經想到這麼多啦？這女人腦筋動得真快，而且感覺對數學很強的樣子。也就是所謂的『理科系女生』嗎？

——就這樣，我們的新家決定要建為兩層樓之後，觀察力和構思力似乎都很高的尼莫接著……

「明明經歷那麼強烈的暴風雨，這裡的椰子樹卻不但沒倒下，甚至連歪都沒歪。既然這樣，我們乾脆把一棵天然的椰子樹直接當成柱子如何？在尼莫島上我有發現過幾棵幾乎是垂直生長的椰子樹。」

又提出了這樣一個嶄新的點子。

本來如果在樹木底下建屋子，下雨過後從枝葉還會繼續滴滴答答地落下水滴，不是一件好事。然而椰子樹因為沒有分枝，樹葉又長得像導水管會把雨水引向樹幹的方向，所以不會有這樣的問題。若按照尼莫的構想，下雨時甚至還能把做為柱子的樹幹當成像自來水管一樣利用。好，就大膽採用吧。

尼莫接著帶我去看了幾棵垂直生長的亞歷山大椰子，其中有一棵長在大島叢林外圍稍微靠南側海灘處……大致上也符合建屋場所條件的『五不・五有』。

「好，就用這棵樹當成其中一根柱子建屋子吧。我的身高是一百七十公分，所以把地板到天花板的高度設計成二點二公尺……」

我再度拿出設計圖如此寫上後，尼莫忽然「嗯嗯」地從我手中拿走鉛筆——

「那麼概算起來，這裡的長度是五五・二公分，這裡是三四一公分，屋頂長度這邊是二〇三公分，這邊一〇六公分。釘子需要六十加十加九根，結合處需要四乘二十加上一個地方。」

她也沒按什麼工程計算機就在設計圖中補上了各處長度、結合處與角度等等數值。雖然計算時遇到超過六十的地方用的是法國式的講法，聽起來很繁瑣複雜，不過……

（呃、真的是那個數值嗎……？）

我如此懷疑並自己拚命用畢氏定理之類的算式進行驗算，結果應該就是像尼莫說的那樣沒錯。我本來還想說要跟之前那間小屋一樣把建材砍來時取長一點，再把多餘的部分一點一點切掉的說。看來人家說恐怖分子的數學能力很強是真的呢。

多虧尼莫提供的點子與心算能力，房子的設計時間獲得大幅縮短——

我們接著便兩人一起進入山中，一起收集竹子、藤蔓與石頭等等材料。小金次跟蘭迪斯也有幫忙搬運枝葉。建房屋習慣用木材的日本人與習慣用石材的法國人互相提供主意的結果下，感覺可以建出集雙方優點於一身的屋子呢。

切割木材的時候墨丘利會變成線鋸，敲竹釘的時候她又會捲在木棒上變成槌子，超方便的。相較於上次我只靠一把短刀建房子，這次的工作效率簡直有五倍快。據尼莫說，墨丘利變形時似乎要消耗電磁力，不過那力量居然靠睡眠就能恢復。我是搞不太懂金屬到底怎麼睡覺，但總之她能輕易變身這點也幫上很大的忙，我就別在意太多吧。

另外，尼莫雖然缺乏野外求生的知識，不過個性認真，只要我教過怎麼做，她就會埋頭默默工作。這點算是很好，可是……

「喂，尼莫，槌子再借我一下。」

「墨丘利是我的部下。我可以准許你用，但你要說『尼莫大人，拜託您』才行。」

她偶爾會像這樣說些壞心眼的話。

這傢伙看來有個壞習慣，只要一有機會就想踩在別人頭上搶主導權的樣子。

「我說妳啊，經歷過那場颱風還沒得到教訓嗎？我們要是不合作——」

「合作和友好相處是兩回事。就算暫時休戰，我還是N的提督，而相對地你則是類似於伊．U的三等兵。而且有可能成為脫逃手段的陽位相跳躍也只有我會使用。換句話說，現在的狀況下我才是重要人物，而你處於劣位。你要身為我的奴隸行動，遠山金次。」

「雖然妳說『只有我會使用』，可是妳的瞬間移動有很長一段時間不能用吧？」

「那麼你就長期服從於我。來呀，怎麼啦？你該講的話還沒講喔？要說『尼莫大人，拜託您』、『我是尼莫大人的奴隸』、『若有犯錯還請給予我應當接受的懲罰』——」

……臺詞怎麼增多了？

話說，似乎是名門大小姐的尼莫看來對於我之前要她叫我『金次大人』的事情相當懷恨在心呢。

畢竟也算是我自己埋下的種子，而且再繼續跟她吵下去也感覺很愚蠢。於是……

「好啦好啦，我知道了。『尼莫大人，拜託您。』」

我擺出無奈的姿勢如此說道，結果尼莫就——

「嗯，很好。」

露出笑咪咪的表情，乖乖把墨丘利槍子轉成握把朝我的方向遞了出來。

本性陰險的美少女恐怖分子偶爾會露出的燦爛笑容——

這之間的反差感意外可怕，可愛得不知該怎麼形容，害我又忍不住心動，差點把墨丘利掉下去了。

（受不了……要恐怖就恐怖，要可愛就可愛，拜託妳統一一點行不行啦……）

呃不，雖然兩邊我都不想面對啦。只是因為心理上不知道該往哪一邊戒備才好，結果害我每次都在幾乎沒有防備的狀態下，被她的可愛部分打個措手不及啊。

不過話說回來……

即使是像這樣無關緊要的對話，能夠和人一邊講話一邊工作還真是不錯呢。

總比自己一個人的時候為了排解寂寞，而一邊工作一邊嘀嘀咕咕自言自語要來得好太多了。我不禁這麼想著——同時把利用墨丘利變成的線鋸將從魚鷹破片做成的日式和釘，再用墨丘利變成的槌子釘到木板上了。

有基本野外求生知識的我，不但是人肉計算機又像人肉捲尺般一眼就能以公分單位看出東西長度的尼莫，加上萬能工具墨丘利以及幫忙零碎搬運作業的小金次與蘭迪斯——兩人、一具加兩隻協力合作的結果——

工程進行得相當順利，當天黃昏時新房子就完成了。

從稍遠處確認也看不出有傾斜，感覺很不錯。外觀就好像在南麻布或代官山地區可以看到的那種，房子與樹木互相融合建成的別致咖啡廳一樣。雖然說這房子用的樹木是椰子樹，給人很強烈的熱帶印象就是了。

屋外有烹飪場、像露天餐廳一樣的用餐處、作業場所以及狗屋。今後還有預定要像沖繩的房子那樣，蓋一面防風用的石牆。

屋子本身當然是蓋得很牢固沒錯，但萬一二樓地板崩塌下去也會很傷腦筋……因此二樓房間給體重較輕的尼莫，一樓則是我的房間了。

我進到那個一樓房間……嗯嗯，感覺不賴嘛。

從窗戶可以看到大海，通風也很好。因為這屋子的牆壁和地板都是竹製，而我有把竹子跟竹子間的縫隙做得較寬，讓風比較好通過。

「嗯，嗯，以你這傢伙的設計來說，做得不錯呀。」

尼莫如此稱讚了我一下後，從竹子做的梯子爬上二樓。總覺得尼莫大人完全把我視為下人在對待的樣子。哎呀，雖然她本來態度就很高高在上就是了。

（好啦，包包放在這裡，將來要做的餐具就擺在這一區……）

我站在一樓房間內模擬室內布局。因為現在還沒有什麼架子，所以東西都是直接放在周圍地板上，然後晚上睡在房間正中央的感覺。

可是像這樣站在房間中央，怎麼忽然有沙子從上頭掉下來啦？是竹子沾到海灘上的沙子嗎？……算了，沒差。

好啦，接著躺下身體——來確認一下腳會不會從入口處伸出去吧。

於是我全身仰躺到地板上，結果又有微量的沙子掉落到我臉上。到底怎麼回事？

「嗯，嗯，視野很好。海上跟天空都看起來遼闊，實在教人心情舒暢。」

從正上方傳來尼莫愉悅的聲音。

（……！……嗚……！）

尼莫一如歐美人進房子不脫鞋的習慣，穿著靴子就直接踏上二樓了。

結果就從那鞋底不斷有沙子掉下來。

至於要問我為什麼能那麼清楚知道二樓的情景，因為我看見了。

分隔一樓和二樓之間的地板，是用竹子組成。

就像我剛才確認過通風狀況那樣，為了適應這個地區高溫潮溼的氣候，竹子跟竹子之間分得比較開。但不至於會讓腳掉進縫隙間，相隔約兩、三公分左右。

而透過那樣滿是縫隙的地板——從上面往下看大概因為有影子的關係看不太清楚，但是從下面往上就能看得相當清楚。話說現在，仰天躺在地上的我剛好就能從正下方看到站在窗邊的尼莫。非常不幸地，就是那樣精準到從尼莫的鞋子掉下來的沙子剛好會落在我臉上的位置。

尼莫提督閣下本來都會穿黑色的絲襪，但不曉得是破掉了還是因為太熱，她不知從什麼時候開始都沒穿了。然後平常因為那件大衣的下襬很長而讓人不太會注意到，她穿在大衣底下的是一條黑色的百褶短裙。再加上尼莫閣下很有軍人的樣子，站立的時候都習慣把雙腳張到與肩同寬。

這些狀況全部綜合起來得出的結果就是，我從正下方偷看到了名門大小姐的裙底風光——簡直像個全身躺進路邊排水溝裡躲起來，從水溝蓋縫隙偷拍女孩子的特殊癖好者一樣——尼莫的那條、櫻、櫻桃花紋的玩意，感、感覺要看到了——不妙！

只要我稍微亂動感覺就會看到不該看的東西留下爆發性的心靈創傷，結果我就像被下了定身咒一樣全身無法動彈……！啊！尼莫妳別走動，不要讓裙襬搖晃啊……！

「金次，下面怎麼樣？」

從窗戶把頭探出去——那動作我也從地板縫隙間看得清清楚楚——的尼莫對樓下的我如此說道。

「下、下面？下面、呃、啊、櫻桃。」

「……？怎麼啦？如果有注意到什麼事情就說吧。」

我說不出口啊！話說，拜託妳自己注意到行不行啦，受不了——！

不能夠抬頭往上看的房間，住起來也未免太不方便了吧。可是如果我主動提議把地板的縫隙補起來，現在我從正下方看到尼莫的事情就會被發現了。想講又不能講，只能就這樣硬著頭皮住下去啦。

該死的尼莫……之前在泉邊的那次也一樣，以一名女生來說她破綻也太多了。明明平常莫名其妙對我警戒心很高地說。

兩人合作重建起來的生活，比起各自獨自生活的時候要來得好很多。

我再度開始到處撿貝類抓螃蟹，用竹枝做陷阱捕小魚。而這段期間尼莫則是從近處的叢林中挖來黏土質的土壤，用木頭做的四角容器固定形狀後放在太陽下晒乾，大量生產磚塊。

她接著將那些磚塊堆在新房子的前庭，造出一個外型像雪屋的窯——我看到之後又拜託尼莫追加生產磚塊，圍成ㄇ字型做成了燻製器。

將多捕的魚或蛋拿來煙燻便能脫除水分，靠燻煙的成分大幅提升保存性。只要將這樣能夠長期保存的『燻製品』生產堆存兩人×三餐份，我們就能出海捕魚了。這樣一來如果能在海上捕到大魚當然是萬萬歲，但就算沒捕到也不至於餓肚子啦。

一天天增產燻製品的同時，我也開始著手造船。將落在海邊的一棵漂流木上側一點一點火烤，並且用石頭挖洞——這是石器時代的原始人用過的手法——再將前後也削出大致的形狀，就能造出一艘簡易的獨木舟了。

雖然這尺寸大到足夠讓我和尼莫兩人坐進去也不會沉沒的程度，不過這只是為了到近海的珊瑚礁釣魚用的釣船。我在上次的航海中體驗到大海的可怕，也同時理解到只要在環礁內側都還算安全。而如果想要到環礁外側的海域，就不能靠竹子或木頭，而是必須要有鋼鐵做的船身。然後我也明白那樣的材料……不會那麼剛好可以在這座島上發現。

如此這般，保存糧食堆積到相當程度後的某一個晴朗好天——我和尼莫決定趁著早晨風平浪靜的時間試著出海釣魚看看了。

將事前做好的各種釣魚工具放進獨木舟，再利用滾動的竹子把船運送到淺灘處可以浮起的地方後——

首先是我坐進船內……

「形狀上應該不會那麼輕易翻船才對。上船吧。」

「嗯……這玩意比起外觀上看起來的還要不安定呀……」

如此說道的尼莫也拉著我的手，坐進獨木舟——可是就在這時，獨木舟稍微傾斜——

「啊！哇……！」

尼莫當場抱住了我的身體。而且因為獨木舟是左右搖晃，讓她兩次、三次地不斷抱過來。

「……！……」

我也為了不要讓獨木舟翻覆——每當尼莫嬌小的身體抱上來的時候，就要穩穩抱住她小而往下垂的肩膀與纖細的腰部。

等到獨木舟總算不再搖晃之後……在跟尼莫的髮色一樣呈現鮮豔水藍色的天空下……我和尼莫靜靜地互相抱在一起。

壓在我胸口下方的、不會太大也不會太小、形狀優美的隆起部位。

之前在魚鷹上我也不小心碰過的、那對柔軟中帶有彈性的胸部——

不只這樣，現在因為我們全身上下到處都抱在一起、碰在一起的關係……讓我發現了尼莫雖然體型上比亞莉亞還嬌小得像個小孩子，肉體上卻是以一個女生來說組成比例相當好。明明她行動惡毒、人格陰險，穿的衣服又是缺乏女性魅力的軍服——不，也許正是因為這樣——反而讓她那出色的身形在爆發方面顯得更加不妙。

而且從尼莫身上還飄出很有女孩子感覺的氣味。尼莫本身的氣味就是莫名帶有甜味的香氣，今天從她頸部附近還微微飄散出柑橘類的香氣，兩者融合為一股酸甜又清爽的味道。

她大概是把那寶貝的香水拿來用了一點。就算是要跟我一起坐進狹窄的小船，也沒必要那樣顧慮禮節吧？

（以前貞德也是一樣，她們不愧是法國人，用香水的技巧相當有一套啊……）

就在我像這樣比起爆發性的恐懼心——更對於尼莫懂得利用自身的氣味與香水互相巧妙調和的高超女性能力感到佩服的時候……

「～～～太近了！給我離遠點！」

啪！

尼莫明明是自己抱過來的，卻伸出雙手賞了我的臉兩記巴掌。用她那種宛如舉手跟人擊掌似的獨特姿勢。

當海浪平靜的時候——這座島周圍水深約到一公尺左右的淺灘部分，會呈現完全的透明。

從海面上甚至可以看到海底潔白沙灘的沙粒，讓人有種這艘漂流木製成的獨木舟是飄浮在空中似的錯覺。偶爾也可以清楚看到在海底有大紅色的海星。

我和尼莫這次也互相合作，划著往船身左右突出的兩根船槳，在島嶼周圍的淺灘行進。

然而就在划了不到五十公尺的時候……

「遠山金次。」

「怎樣？」

「我要休息。」

「妳也太虛弱了吧……那我來划船，妳站起來用身體當船帆啦。雖然幾乎沒有風就是了。」

就這樣，我移動到船體的後方。雖然因為上次竹筏的經驗讓我有了恐懼症，不過我還是把船槳往正後方伸出去，採用了日本船舟式的划槳方法。

為了和我取得平衡而站到船頭的尼莫則是——

「Ah. La mer（噢，大海呀）……」

任由純淨而清涼的海風吹在她身上。

雖然我不清楚為什麼，不過她……感覺非常懷念的樣子。

過了一會後，她又轉回頭，把軍帽底下的雙眼看向我。

「遠山金次，經過那次事件後，你變得畏懼大海了嗎？」

「是啊。」

「那麼，你覺得大海恐怖嗎？」

「……不會。」

「——那樣就好。敬畏大海，但是不害怕大海，就是愛海的表現。大海是一切。是覆蓋地球十分之七面積的超大自然。它的吐息相當純粹，有如生命的躍動……」

彷彿在感受大海般閉上眼睛如此述說的尼莫……

……好美麗。

莫名有種莊嚴的感覺，甚至讓人莫名覺得她是什麼神聖的人物。

（……）

就在我不自禁對那樣的尼莫看得入迷的時候——啪唰！

從海底漸深而開始帶有藍色的海面上，發出了有魚跳出來的聲音。

我因此回過神來，把視線從充滿魅力的尼莫身上別開似地環視大海。

就算說是出了海，其實我們也只離開岸邊一百公尺多一點，水深也只有三公尺左右……不過到了這裡就會看到在岩岸很少見的中型魚。珊瑚礁可說是海洋生物的寶庫，意外地到處都能找到魚。

而我們這次就是來抓那些魚的，例如說鯛魚之類。

「遠山金次，這裡感覺好像到處都有魚呀。好，我就來挑戰釣魚吧。」

尼莫說著——從船底拿出一根用紅樹林植物的樹枝做成的釣竿。

釣鉤部分是將魚鷹破片切出來的鐵絲用短刀握把敲打成J字形的東西，釣線是將蕁麻的纖維緊密搓合做成的。浮標是用樹皮做成，捲線器則是由墨丘利變身成大致的形狀。

「妳可別失誤把我給釣起來喔？」

想開個玩笑的我如此說道，可是尼莫卻一臉認真地回了我一聲「嗯」。

我因此成為了這座無人島史上第一個講笑話失敗的人類，不過我還是將這種事情先放到一邊，並脫掉上衣——拿起魚叉。這是把馬尼亞戈短刀綁在樹枝前端，另外也綁上竹串做為**反鉤**的東西。

我接著從船緣悄悄進入海中，為了讓氧氣流遍全身而反覆深呼吸……

多虧我在武偵高中一年級夏天時接受過強襲科的赤身潛水練習，或者應該說是被蘭豹丟沉到水中的殺人級訓練——讓我的肺已經習慣於兩分鐘左右的潛水行動。

然而還是不可以太過勉強。要是得意忘形地到處追魚，血液中的氧氣很快就會被用完。到時候就算原本很有精神的人也會忽然陷入缺氧症而失去意識，導致喪命。

畢竟現在沒有蛙鏡，所以我先游在水面處——魚類通常眼睛都長在身體側面——因此我從成為視線死角的上方尋找獵物。而既然都難得來到海上了，就不要挑那些到處可以看見的小魚……並避開橫向漂游的淡粉紅色水母……

（哦！找到了……！）

首先，我盯上一條在海底的魟魚。

雖然魟魚性情凶猛，有被咬的風險，不過因為形狀上的理由，即使是魚叉新手也能簡單從上方刺到。

趁魟魚還沒逃走前，我一口氣潛入水中——把魚叉刺下去。如果這時強硬往上拉很可能會讓魚叉脫落，因此要任由獵物掙扎並跟著一起游，然後一點一點地往獨木舟的方向誘導……等獵物虛弱下來後再「唰！」一聲拉到船上。

我這時再重新仔細觀察，這條魚滑溜溜的體表呈現深綠色，並帶有美麗的藍色斑點。是在日本岩岸也經常能看到的古氏魟啊。

「哇喔……雖然我在圖鑑上看過，不過還真是噁心呀……這能吃嗎？」

看來果然是內陸出身的尼莫見到魟魚的外觀，當場被嚇傻了。不過……

「這魟魚拿來煙燻可是很好吃的。啊，妳別碰牠尾巴喔，那裡有酵素毒針。」

「這、這樣呀……」

我如此告訴她後，她便戰戰兢兢地從船緣看著魟魚。

就在這時，待在船頭的蘭迪斯「汪汪汪」地吠叫起來，告知浮標沉入水中——

「哦，尼莫，有魚上鉤啦！」

「嗚、嗚哇，墨丘利，把牠拉上來！」

在尼莫，或者應該說主要是變形成捲線器的墨丘利努力下，總算是把魚釣上來了——！

……可是是一條河魨。

正當我因此感到失望的時候，尼莫則是在一旁……

「哈哈哈！怎樣，我釣到啦！這下我們各自的成果都是一條魚了！哦哦，牠鼓起來啦。」

讓河魨垂在釣竿下，表現得非常開心。

「……那叫河魨，是毒魚中的毒魚，隨便亂吃可是會當場斃命的。不過那毒素可以拿來當老鼠藥，就留下來吧。」

「什麼？原來是這樣……真是幫上大忙啦，遠山金次。你這傢伙對魚類懂得還真多，知道魟魚可以吃，又知道河魨有毒。」

「呃不……這種事情只要是日本人，人家通常都知道啦。」

因為尼莫眼神閃閃發亮地如此稱讚我，害我又在無預警下覺得尼莫『好可愛』——頓時感到害臊地握著魚叉逃進透明的大海中了。

我們這次的抓魚非常成功，尼莫在那條河魨之後又釣到竹筴魚和褐藍子魚。我則是除了魟魚之外還抓到了夢寐以求的鯛魚！雖然體色呈現藍與黃的條紋模樣感覺有點嚇人，不過這叫做黃紋胡椒鯛。

我在海中當場刮掉魚鱗，並拿掉可能會有寄生蟲的內臟。完成這些工作後，我現在回到了獨木舟上稍事休息。

大概是迷上釣魚的關係，尼莫繼續在珊瑚礁海上垂釣著……但畢竟在魚上鉤之前都沒事可做，於是我們定下『輸的人要答應對方任何一件事情』的規則，玩起了繞口令比賽。這是尼莫的提議，簡直就像小學生一樣呢。

「How much wood would a woodchuck chuck if a woodchuck could chuck（如果土撥鼠會拋木頭，牠可以拋多少木頭）——好，勉強說完了。」

「那種程度的文字遊戲，對我來說太簡單啦。豪屋嘛掐、烏洽、呀掐牙呀……」

尼莫發出讓人搞不清楚究竟是怎麼發音出來的聲音後，應該是知道自己輸了……

而從軍帽的帽簷底下畏畏縮縮地看向我。接著和我對上眼睛……

「你這傢伙總不會濫用『任何一件事情』的約定，講出什麼不知羞恥的要求吧！那種行為可是不行的！——再說，英文這種不完全的語言根本不適合拿來比賽！無效！」

講出了『因為自己輸掉就主張比賽無效』這種真的像個小學生一樣的自私發言——的時候，她的釣魚線忽然被用力拉扯。

「喂——尼莫，好像又釣到什麼啦。」

「真、真的呢。就祈禱不是河魨吧……唔唔……！」

從海中「嘩唰！」一聲被拉向空中的——是章魚！雖然只是小型的條紋章魚，不過這算是釣到好東西啦。然而就在我如此感到開心的時候……

「嗚哇啊啊啊啊！好、好噁心！這、這是！這是什麼！呀哇啊啊啊！」

尼莫頓時驚慌得讓雙馬尾都左右散開，用力揮甩垂在釣竿下的章魚。這麼說來章魚在英文中被稱作什麼devil fish，在歐美人眼中似乎是讓人會聯想到魔物的噁心生物。

害怕章魚的尼莫為了讓章魚遠離自己而不斷揮動釣竿，但大概是因為太過驚慌反而讓肌肉僵硬的緣故，她遲遲沒有把釣竿放手。結果……啪！

在半空中被甩了一圈回來的章魚，也抱著必死的覺悟貼到尼莫的後衣領上。

尼莫因此「哇啊啊啊啊！」地在獨木舟上前後亂竄，最後「啪唰！」一聲摔進海中了。沒必要驚慌到那種程度吧？

「呃、喂……」

章魚這種生物在少數情況下會把將牠釣起來的漁夫拖進海中殺死。但那是遇到像巨人章魚之類大型章魚的狀況，而尼莫釣到的只是一隻連三十公分都不到的小傢伙，不用擔心那種事情才對——可是尼莫自己陷入了驚慌狀態而溺水了，於是我只好再度跳入海中。

「哇啊啊！啊！救、救命——」

「來，好好呼吸。」

我讓尼莫的頭浮出到海面上，並且把從她背部一路貼到頸部的章魚剝下來。

雖然章魚把腳從尼莫的軍服衣領處伸進她肩膀部分，但還是被我從衣服中拔了出來。因為沉在海面下讓我看不太清楚，不過怎麼就只有這隻腳特別長啊？

尼莫接著爬回獨木舟，我則是和章魚搏鬥了一段時間後——

「好，抓到啦！」

我回到獨木舟上，像是炫耀獎盃似地把章魚高舉起來……咦？好輕。話說，那隻章魚根本吐著墨汁在海中逃掉了。糟糕，看來我只是扯斷了牠的腳而已。

於是我抬頭看向自己高舉在頭上的那條長度莫名長的章魚腳……

這條章魚腳呈現白色，在中央附近有兩個較大的鼓起。

難道那隻章魚是藍圈章魚的一種嗎？這腳上到處有一點一點的花紋，是像櫻桃一樣的形狀。

「……嗚……！」

這……這個……不是什麼章魚腳……是、是尼莫大小姐的……胸、胸部用的內衣啊！印有櫻桃圖案的那件！看來是剛才章魚腳在軍服底下勾到內衣的肩帶，然後我就把內衣連同章魚一起扯出來了！

「——你、你這傢伙……！居然趁我陷入危機的時候，做、做出這種事情……！」

用左手保護著軍服胸口處的尼莫滿臉通紅地——

朝著我高舉起她手中的釣竿了。

我們抱著大豐收的心情回到尼莫海灘後——

整張臉被釣竿打到像章魚一樣的我接著……

「尼莫，其實我剛才下海刺魚的時候也抓到了這玩意。這可是美食，就當成點心吃吧。不過要小心這個刺。這些刺上面還有更細微的小刺，要是刺到肉裡面卡住就糟了。」

如此說的同時，用短刀切掉我抓到的三隻海膽上的尖刺。結果——

「嗚！……這麼噁心的東西你也要吃嗎……」

尼莫全身寒毛直豎，完全被嚇傻了。總覺得她看我的眼神好像在看什麼動不動就吃怪東西的人一樣。

「妳居然連海膽都沒吃過啊……雖然說我也只吃過像是浸過藥水一樣、都是明礬味道的玩意啦。」

我在樹幹切成兩半做成的桌子上把海膽剖開，挖出可以吃的部分——

尼莫則是摀著嘴巴畏畏縮縮地看過來，然後又臉色發青，露出想吐的表情往後退下。

「來，妳吃吃看。凡事都要試試看嘛。這玩意不但是高蛋白質，而且超好吃的喔。」

我說著，把舀出海膽肉的木湯匙遞向尼莫面前。

「嗚……嗚嗚……這東西看起來又軟又滑的……怎麼可能會好吃啦……」

尼莫大概是連看都不想看的關係，緊閉起眼睛，把臉別向斜上方——

不過她似乎也明白在這種地方只要是能吃的東西都要吃，否則會活不下去的道理，於是猶豫再猶豫後……「啊」一地張開嘴巴……將湯匙含進口中。

「嗯嗚……嗚……嗚噗……」

她那對粉紅色的雙唇內側咀嚼著海膽……

忽然「啪」一地張開軍帽底下的眼睛。

接著把湯匙拿走，挖起我剖開放在旁邊的第二隻海膽放進嘴巴。

「……」

「……」

將海膽肉咬一咬吞下去後，連最後一隻海膽都被她拿走了。

「呃、喂，我的份……」

「——下次出海抓魚的時候，如果你看到這個刺刺的生物，一定要給我抓來。」

她說著，把剖開來的海膽盤子拉過去用自己的身體藏起來。

搞什麼，她很中意生海膽嘛。但是說真的，我的份呢？

後來到了下午——

尼莫用她之前做的磚塊烤窯將黏土燒烤成土製器皿。

土器燒製約有三分之一的機率會成功，也多虧如此我們能夠使用土鍋或碗，製作更加多樣化的料理了。

順道一提，在我們的共同生活中，舉凡製作料理、清洗貝殼盤子、用竹掃把清掃、用椰子纖維做的絲線縫紉……這類工作是由我負責。因為在我們決定一起合作生活的第一天晚上，尼莫就紅著臉說出「家事由你來做，我可不是你的妻子」這種話，把這些工作都推到我身上了。雖然我搞不太懂，不過尼莫似乎不願意做感覺像太太在做的工作。

哎呀，反正我也不討厭做家事，而且就算工作量明顯是我比尼莫多，我也沒抱怨的打算。畢竟在野外求生生活中，比較有體力的人負責較多工作也很合理。

就這樣，我今天拿出看家本領製作出來的晚餐菜色是……

褐藍子魚的魚丸湯，配藻鹽一起享用的竹筴魚生魚片，以及——一整條的烤鯛魚。

這麼豐盛的餐點，如果是在東京的高級料亭吃，應該要五千元左右吧？

「明明沒有醬汁或香辛料可以用，真虧你可以做菜呀……」

抬頭看著正在做菜的我而如此說道的尼莫，現在正坐在庭院的桌子邊製作竹子陷阱。按照尼莫個人的規矩，那似乎是她可以負責的工作。

「反正只要有貝類或海藻就能熬出日式高湯啦。這麼說來，歐美好像沒有熬高湯這樣的文化……」

負責做菜的我說著，並且用貝殼製的湯勺把料理從土鍋舀到木製容器中。

因為不會用筷子的尼莫很難挑魚刺，所以我通常都是把魚稍微晒乾後切碎磨爛，做成魚肉丸子丟到湯裡吃。

但如果總是這樣做，在維他命攝取上會不太夠，因此我也有讓尼莫一點一點慢慢吃生魚片。而她雖然剛開始吃的時候肚子會咕嚕咕嚕叫，不過吃著吃著現在似乎也習慣了。

將豐盛的海鮮料理端上桌後，我和尼莫都興奮得眼神閃閃發亮——

「尼莫，妳今天也練習用筷子吧。」

「哦、哦哦，我試試看。」

於是我抓起尼莫的小手，教導她筷子的握法。畢竟筷子是最適於一邊挑魚刺一邊吃魚的餐具，所以在這種以魚類為主食的生活中還是學會怎麼用比較好。

尼莫光是被我碰到手或指頭就會面紅耳赤，但也還是握著筷子努力嘗試、努力嘗試……

「你看，我夾起來了！」

她說著，把夾起的生魚片得意地亮給我看。

「哦、哦哦，很棒啊。」

又一次被那可愛的表情攻了個出其不意的我——也跟著開始吃起眼前的美食。

啊啊，無論是竹筴魚還是這顏色奇特的鯛魚，都好美味……！

好美味……美味到教人陶醉的程度。可是……

我總覺得自己沒辦法專心享受這些美味。應該是因為我不自禁回想起尼莫在海上真的非常美麗的模樣，而讓注意力都被眼前可愛的她吸引的緣故吧。

……啊～受不了……真是傷腦筋。

吃到飽足後的夜晚，在南十字星與銀河底下——

我與尼莫在營火照耀中，各自過著自己的時間。

我拿著皺巴巴的數學參考書努力用功，尼莫則是用木製四角容器繼續把黏土做成磚塊。但因為她個頭嬌小，看起來像小女孩在公園玩沙就是了。

「好，只要把這些晒乾之後又有磚塊可用啦。就祈禱別下雨吧。反正不管怎樣，應該很快就能在屋子周圍蓋起防風牆了。」

之前蓋這棟兩層樓屋子的時候也是一樣，尼莫在建築上總是會想到使用石頭跟磚塊。而我自己在建築材料上則老是會想用竹子或木頭，因此這方面應該要慶幸有尼莫在吧。畢竟如果要蓋擋風用的牆壁，石頭圍牆或磚塊圍牆果然還是會比竹子圍牆來得好。

我之前像這樣稍微稱讚過尼莫之後，她就變得到了自由時間也會主動量產磚塊。看來這傢伙是屬於被誇獎就會進步的類型呢。

「話說，你這傢伙每天晚上到底是在看什麼書呀？書名是寫日文字我都看不懂。」

「哦哦，這是參考書。我為了之前提過的高認在念書啦。這本是數學。」

「嗯，做學問是好事。無論陷入什麼狀況中都不忘學習的精神值得嘉獎。」

尼莫用水瓶裝來的水清洗雙手，並一副高高在上似地對我如此說道。

哎呀，其實她那樣說有一半是過獎了。我會這樣用功讀書……當然有一半是為了考試，但也有一半是為了保持「要去參加考試」，也就是「一定要回日本去」的希望。

雖然說到現在關於脫逃的方法還是連個頭緒都沒有，而且我們的島上生活也漸漸變得有模有樣了啦……

……呃……嗚喔！尼莫忽然坐到我正在坐的這張圓木長椅上了。

就在我旁邊，屁股跟屁股幾乎要靠在一起的程度。

真傷腦筋。這樣看起來不就像是在公園長椅上黏在一起的情侶一樣了嗎？

更糟糕的是，尼莫還把她的上半身也靠過來……探頭看向我手中的參考書。

「呵呵，嗚呼呼。我看算式跟圖形就懂啦。原來你在學習這麼簡單的東西呀。」

「簡……簡單嗎？這很難好嗎？妳只是不懂裝懂而已吧？」

「遠山金次，你耍的小聰明都被我看穿了。你是故意那樣挑釁我，想要讓我教你對吧。你以為我會教你嗎？」

「哼！我自己會想啦。」

「──這問題呀……」

尼莫說著，從她胸前口袋中掏出眼鏡，並且把我手中的鉛筆也搶過去，在筆記本上流暢地寫起算式。搞什麼，到頭來還是會教我嘛。就在我想這樣吐槽她的時候──

「……這是像謝禮之類的東西。畢竟我們雖然互相合作生活，但你的工作量比我多呀。」

看來尼莫是心裡很清楚我的工作比她多，所以想要藉由這種方式稍微對我公平一點的樣子。還真是顧道義呢。

（話說回來，尼莫這女人……）

既是武官，也是文官啊，是個知識分子。她讀著用日文──也就是對她而言的外國話寫成的參考書，還能流暢地寫出算式跟答案。

是說，她即使遇到微積分問題也能立刻寫出算式跟答案──

「好強啊……妳難不成是用什麼魔術在解問題嗎？」

「才不是。是我聰明。而且我不是說過我現在沒辦法使用魔術了。」

在感到驚訝的我旁邊，尼莫繼續用感覺像大人的草體字寫著問題解說。而且為了讓我可以看懂，用的是英文。

（……腦袋好的女人總會有種莫名的魅力……在爆發上很危險啊……）

尼莫為了寫算式，把視線放在筆記本上——

對於她那樣毫無防備的側臉，我不禁看得入迷了。

她的臉原本總是看起來陰險又強勢，然而一旦閉上嘴巴專心做事，那表情就會消失，只剩下端正的美麗臉蛋。而且那美麗中又帶有幾分稚氣與可愛，再加上那副眼鏡莫名適合她……就在我因此忍不住呆呆看著她的時候……

「怎、怎麼啦？我臉上有什麼東西嗎？」

尼莫注意到我從近距離注視著她而把臉轉過來，眼鏡底下的雙頰泛紅起來。

「啊、不，抱歉。沒……沒什麼事。」

「呵呵……真、真是奇怪的傢伙……」

尼莫又繼續寫算式給我看，於是我也把眼睛別開不要看向她那美麗又可愛的臉蛋——結果我的視線接著飄到尼莫那套軍服的隆起處……也就是胸口附近，以及從裙子底下伸出來的裸露大腿。到、到底在搞什麼啦？連我自己都搞不清楚。

這、這肯定就是……大哥說過男女一起生活就會產生變化的那個理論，或者說是白雪倉鼠學的那個現象。在野生的環境下，我本能上把尼莫視為雌性對象了。這很危險啊。

即便我腦袋想要把她視為討厭的敵人，那也只是理性上的想法。在野生環境中，本能會促使我要與同種族，而且是異性對象培養感情——使得我覺得本來就是個美少女的尼莫看起來更加可愛了。

畢竟是男人和女人，在理論上我也知道有透過某種手段培養感情的方法——

等等，這、這樣不對吧，金次！不，不是那樣。真的不是那樣。

我身為男性的本能會如此受到刺激……其實還有別的、更確實的理由。但畢竟那是她本人也無可奈何的事情，所以我認為講出來很失禮，就一直都沒講。可是……

呃……從尼莫的頭髮，還有衣服上……

會飄散出很濃烈的氣味啊。

有如柑橘類一樣酸甜的濃郁氣味，完全就是女孩子的味道。

並不是臭，而是香得讓人很傷腦筋。那樣的氣味經由我在原始生活中變得更加敏銳的嗅覺不斷強烈刺激本能中樞，對我個人來說真的很受不了。

基於原本飲食與入浴等等習慣上的不同，歐美人的體味本來就會比東洋人來得濃。雖然尼莫一天早晚兩次會到尼莫之泉沖水，所以她本身是很清潔的，但問題就在於她的衣服。從那套軍服的襯衫啦、裙子等等地方，都會飄散出尼莫濃郁的女生氣味。感覺光是味道就會讓我爆發了。

「……我、我說你呀，為什麼要一直盯著我看啦？剛才是看臉，這次又看身體——我明明這麼認真在教你，這樣會讓我分心呀！到底為什麼！給我說明清楚！」

盯著尼莫看的事情又被抓包的我，頓時有點慌張起來——

「呃、因為那個、衣服上的氣味——」

糟糕，我不小心說溜嘴了。因為那氣味實在太香。

「……！……」

尼莫聽到我提起氣味的事情——當場臉紅皺眉，然後……聞了一下自己的袖子。

「這是那個……我也會在意呀。但是因為有你這傢伙在，我沒辦法洗衣服嘛。」

她接著露出丟臉又傷腦筋的表情，把算式寫完的同時對我如此解釋。

（哦哦……原來是這樣……）

我們因為是兩手空空漂流到這座島上，所以除了原本身上的衣服之外，就沒有其他自己的衣物了。

雖然我們各自都會偷偷洗衣服不讓對方看到，但很快就會乾的貼身衣物就姑且不說……像我的褲子或尼莫的大衣等等布料就比較厚，沒辦法很快晾乾，因此只會偶爾洗洗而已。尼莫那麼愛乾淨，想必連她自己也很受不了吧。

「呃～既然這樣……妳等我一下。」

我說著，從圓木長椅上站起身子，走進椰子樹的屋子……

打開我放在一樓自己房間的包包，拿出摺好裝在裡面的那件金天的水手服，再回到尼莫面前……

「妳洗衣服的時候就穿這個吧。雖然這是我妹妹的防彈服，不過就借給妳穿啦。」

我如此遞給尼莫後——她頓時睜大眼睛，大概是原本認為在這種島上絕對不可能得到『布料做的衣服』，而露出感激的表情。

「真、真的可以嗎？」

尼莫好歹也是個女孩子，得到別人給的衣服似乎非常開心，笑著把水手服的上衣攤開來——「哇～」地露出嘴巴都快合不起來的感動表情。

「可以啦。雖然我是因為覺得布料可以用在很多地方才一直把它留著，但反正現在已經可以用椰子樹葉編籃子或簸箕之類的東西了。」

「我這就去換衣服。你要是敢偷窺我就殺了你。」

尼莫說著，便快步跑到屋子後面——

在月光照耀下，白色沙灘上會映照出尼莫換衣服的影子，著實讓人很頭痛，不過……

沒多久後，尼莫抱著摺好的軍服回來了。

雖然因為是金天的衣服所以穿起來有點緊，但穿上武偵高中水手服的尼莫……

（……好、好可愛……！）

太可愛了。之前都被軍服立衣領遮住的白皙後頸，還有因為是給小女孩穿的水手服而特別短的裙子，以及即使纖細也依然因為皮下脂肪而顯得圓潤的雙腳。總覺得原本就很可愛的尼莫這下終於讓她的可愛本性完全露出來了。話說雖然是我自己要拿什麼水手服給她穿的，不過這還真是有破壞力的角色扮演啊。她那模樣根本就變成了超級正統的萌系角色了嘛。就連沒有理子那種品味的我都完全被戳到紅心了。在爆發方面，這完全是一種自殺行為呢。

不可能會注意到我這些心境的尼莫——拿起變成一面小鏡子的墨丘利，彷彿在自拍一樣把手伸長……

「哇……」

看著自己的模樣，露出單純像個女孩子般天真無邪的笑臉。

「很好，遠山金次。這衣服非常好。而且雙腳行動方便，很適於在這島上穿。」

以前總是穿軍服的尼莫似乎對於這套水手服相當中意的樣子。哎呀，畢竟水手服本來是海軍穿的衣服，所以也算是軍服啦。

「呵呵，適合我嗎？」

尼莫輕輕轉了一圈給我看，結果她的短裙隨著離心力輕飄飄地散開——

萬一又被櫻桃搞到爆發我可受不了，於是我趕緊別開眼睛……

「哦、哦哦，很可愛啊。」

並且快嘴地姑且這樣回應。然而要是我沒看著尼莫，理論上她搞不好會罵我『明明看都沒看，憑什麼說可愛』之類的話，所以我又再度把視線望向她……

「……可……可愛……？」

結果一直以來大概都過著像軍人生活的尼莫，似乎第一次以一個女孩子的身分被人如此稱讚——而當場變得面紅耳赤。

接著從喉嚨深處「噗嘶……！」地發出像沸水器一樣的奇怪聲音後……

「我、我只是在問你適不適合我呀！這個蠢貨！」

不知道為什麼忽然逼近我面前，明明穿著短裙還朝我踢出一腳。

而且同樣不知道為什麼，她表現得好像非常開心。

美洲原住民的話語中，會將一個人來到一塊新的土地形容為『全新一個人』。無論是旅行也好，搬家也好，漂流到無人島也好——一個人在他漫長的人生中，總會有幾次機會離開自己住慣的土地。然後在新的土地可能些許、也可能完全地變化為新的一個人。

我和尼莫也是一樣，來到這座島之後各自都有變化的部分。尤其是我們兩人之間的關係，和以前根本互相不了解對方就在爭鬥的時期可說是完全不同了。

然後今天早上——我們為了尋求更多的變化，決定到我們兩人都沒去過的島嶼東北部探險。被我取名為「最終領域」的那塊地區是火山性的岩石山，地質應該會與其他地方不同。既然如此，或許可以找到什麼便利的礦物也說不定。

我將宛如江戶時代一樣用竹葉包起來的便當背在背上，與尼莫一起穿越叢林。小金次與蘭迪斯則是留在海灘的屋子看家，畢竟要是在地形嚴峻的岩石地區讓牠們受了傷也很可憐。

大概是因為喜歡涼爽的感覺而今天也穿著水手服的尼莫，走在我前面用短劍切開藤蔓和草叢。這座大島的叢林中有幾條尼莫平時就像這樣開拓出來的小徑，讓我們這次在中午之前就抵達了東北山腳下。不過——

「今天這衣服也適合我嗎？你簡單扼要地回答我。」

我們在一處色彩繽紛的鸚鵡們環繞四周的小溪邊休息時，尼莫用手示意穿著水手服配一把短劍的自己，笑嘻嘻地如此詢問我。於是……

「才過了一天而已，妳和衣服都不會有什麼改變吧。」

我都簡單扼要地這麼回答了，但……

「我是在問你這衣服適不適合我！」

為什麼她動不動就要生氣啦……？

「適合適合。」

「這樣呀這樣呀。」

看來我說出了正確答案的樣子，尼莫頓時愉悅地欣賞起那套完全被她當成自己東西的水手服。雖然她似乎不再生氣了，不過……唉，女生真的很麻煩耶……

（話說回來，我有點在意啊……）

因為新衣服而心情愉快的尼莫好像沒有注意到，就在我們好一陣子沒過來看的這段時間中——總覺得東北的這片森林好像變得有點亂。有一方面可能是颱風造成的影響，但感覺好像還有其他讓人感到奇怪的部分。雖然我也不知道具體上有什麼地方奇怪就是了……

就在我因此轉頭環顧四周隱約可以看到綠色或黃色鸚鵡的叢林時——

「嗚！」

尼莫忽然像是吞了一根木棒似地站直不動了。這次又怎麼啦？

「遠、遠山金次。」

「什麼事？」

「我、我領口附近、喉嚨下方、好像有什麼、掉、掉下來、進到衣服裡了。」

臉色發青的尼莫甚至連視線都變得固定不動，簡直像個假人一樣。

「妳拿掉不就好了？」

「感、感覺是像蟲子之類的呀。萬、萬、萬一是蠍子怎麼辦？被刺到就完蛋啦。啊、啊啊，動了……牠在動！你、你幫我拿掉！」

「呃不……就算妳叫我幫妳拿掉……」

如果要把掉進衣服的東西拿掉，不就需要把手伸到衣服裡面嗎？

尼莫在那件水手服底下沒有穿內襯衣，所以只要把手伸進去就會直接觸碰到肌膚或內衣了。那種爆發性的暴行，我敬謝不敏啊。

「不要囉嗦！快幫我拿掉！」

尼莫陷入驚慌狀態，再這樣下去搞不好會失控亂竄摔下懸崖。

因此面對這突如其來的緊急狀況……

「聽、聽好囉？這是緊急狀況，是逼不得已的措施喔？」

「我知道我知道！啊……啊啊……快、快點……！感、感覺好噁心……！」

表情感覺快要嚇出尿來的尼莫全身連同她那對水藍色的雙馬尾一起不斷發抖。於是我走到她面前……

畢竟以前騙她說這片森林中有蠍子的人就是我，如今也沒辦法否定蠍子的可能性——於是不得已之下，把右手輕輕伸進她那小巧下巴下方的胸口……

在溫暖的衣服裡，我的手指觸碰到尼莫滑嫩又有彈性的肌膚……結果尼莫抖了一下，做出搞不清楚是討厭還是不討厭的反應，臉蛋越來越紅。或許是噁心和害羞的感覺到了極點的緣故，她緊閉起眼睛甚至還滲出淚水來了。

話說，這、這個柔軟的部分……是她的肌膚嗎？還是她胸部的隆起物？我已經不知道自己到底在摸哪個領域了。啊……現、現在碰到的布料……不用說，肯定就是包覆尼莫胸部的內衣吧。雖然我沒看到，不過就是櫻桃圖案的內衣。

「嗚啊……啊……啊……！」

而且尼莫口中還發出了宛如唱歌般可愛的聲音。

我真想跟她好好講清楚，那樣嬌媚的女人聲音對爆發方面有多不好啊。雖然我不會真的講出來啦。

就這樣，我也忍不住臉紅的同時——我的右手已經一直到手肘附近都伸進了尼莫的衣服胸口，即使因為心理壓力快要當場吐出來，我還是繼續用手指探找著有如布丁般柔軟的右胸表面、左胸表面……甚至雙峰之間水嫩有彈力的山谷。

好、好軟。像做夢一樣。感覺會讓我留下恐懼症啊。

可是……我怎麼也找不到像蟲子的東西。

另外，尼莫明明被我做出這麼誇張的行徑，卻因為害怕被蠍子螫咬而始終閉著眼睛緊咬嘴脣，完全沒有抵抗。照她這樣子，就算我趁機亂摸其他地方她是不是也不會抵抗啊……？我的本能如此慫恿起多餘的念頭，害得我也不只是臉部甚至連脖子都紅了起來。一大早的我們到底在搞什麼啦？

「……我、我什麼都沒找到啊……」

「有、有啦。牠在動！……在、在胸部……下面……咿……！」

因為我到處摸來摸去的緣故，就算眼睛不看也掌握尼莫胸部的立體形狀了。現在還沒摸過的部分只剩下她雙峰的下半部分，也就是所謂下乳區域。

如果要摸那部分，就必須從水手服的上衣下側把手伸進去……

於是我把手抽出來，在尼莫正面單腳跪下。

雖然尼莫挺直背脊，全身顫抖……但因為身高差距，我跪下來之後水手服被撐起來的胸口部分剛好就在我眼前。那部位現在等於是隨便我摸的狀態，讓我覺得超級尷尬，腦充血到都快要流出鼻血了。不過……

我還是在不得已下把雙手伸進她上衣的下襬內——嗚，找到了。

有個東西在尼莫溫暖的左胸下面蠢動著。這的確讓人感到噁心。

尼莫的胸部有一般女生的大小，因此我先把右手心放到她左胸下……把果凍般柔軟的胸部扶起來，再用左手——把異物取出。

——是水蛭。身體還沒脹起來，可見牠大概還只是在上衣跟胸罩間爬來爬去，尋找可以吸血的地方吧。要是被水蛭咬到就很難止血了，真是好險。

「……明明還是早上卻有水蛭，這搞笑嗎……（註4）」

我用日文如此呢喃，並且把水蛭丟到叢林中的時候——砰！痛啊！後腦杓忽然被打了！被某種像是收在劍鞘裡的短劍，或者說就是收在劍鞘裡的短劍！

「講無聊笑話的傢伙要接受懲罰……！」

「為什麼妳會知道啦！我明明用日文講的說……！」

「我靠直覺就知道了。還有你這傢伙，竟敢、竟敢、對名門淑女的高貴部位到處摸來摸去！」

忽然解除定身咒的尼莫拚命用劍鞘搥打我，讓我當場跌坐到地上，光是用雙手保護自己都很吃力。

「呃不、那、那是沒辦法的事情吧！是妳叫我幫妳拿掉的啊……！」

「可是你這傢伙也摸得太久了！你那麼想摸我的身體嗎！想摸就老實說你想摸呀！居然假借這樣的緊急狀況，未免太卑鄙了！你就那麼想摸我的身體嗎——！」

「才不是那樣！」

「竟然說不是那樣！你這傢伙太失禮了！」

砰！磅磅！尼莫繼續不斷打我。我說想摸也會生氣，說不想摸也會生氣，不管怎麼回答都不正確嘛！

註4　日文中「水蛭（hiru）」與「中午」同音。

等等……

……嗚……？這、這是……？

不知道該不該說是多虧我跌坐到地上，讓我發現了——

「等、等一下……尼莫……！」

「說呀！你想摸嗎！想摸就說想摸！你自己開口說呀！那樣一來我也不是說不會考慮看看或許可以稍微允許你就那麼一點點——」

「不是那件事啦！是那棵樹，妳看這裡！」

我伸手指向一棵蘇鐵，距離地面約一公尺的地方……

尼莫看到之後也不禁抽一口氣，停下手不再打我了。

在凹凸不平的樹皮上——有彷彿被人用利刃留下的傷痕，而且看起來還很新。

縱向好幾條。像是被挖出來，又像是被刻出來的痕跡。

「……是人……嗎？」

見到那樣教人毛骨悚然的痕跡，連尼莫也皺起眉頭如此說道。不過……

「不……感覺像是野獸，但這島上又沒看過這麼大型的動物……」

我不知道。我們完全無法想像這到底是什麼東西——

後來我們一邊注意周圍動靜，一邊爬上東北方的山岳。

尼莫帶來的墨丘利則是在『如果發現什麼大型野獸就來向我報告』的命令下——

被派出去偵查了。然而相對於我們提高的警覺，一路上倒是都沒遇上什麼野獸……反倒是讓我們發現了個好東西。是生長在半山腰的香蕉樹，而且上面有結果實。不過比我在日本看過的香蕉還要短而小，比較接近原生種的香蕉就是了。

可是那香蕉樹明明樹幹很細卻長得很高，香蕉果實又長得翹向天空。就算我向尼莫借短劍並跳起來，劍梢也還是差一點點碰不到。

「遠山金次，我無論如何都想吃那個。你爬上去把它摘下來。」

「我也很想吃啊。可是這香蕉樹……正確來講應該是香蕉莖……太細了，要是我爬上去應該會折斷。我們應該要摘少量來吃，不能折斷它，否則以後就吃不到啦。」

「唔唔……偏偏現在墨丘利已經先走了，不在這裡……」

面對在這座島上超級稀有的『甜食』，我和尼莫都陷入思考。話說其實只要讓她坐到我肩膀上，她的劍應該就能碰到了。可是基於爆發上的理由我不想那樣做，尼莫也肯定不想——

「那麼遠山金次，你蹲下。把我扛起來。」

咦、咦咦……？妳要坐到我肩上？妳不是穿裙子嗎……

雖然我心中這樣抗議，但三等兵無從反抗提督，於是我只好蹲下身子……

而尼莫大概是真的很想吃香蕉的緣故，毫不顧忌就從背後跨到我肩膀上了。

紅色的百褶裙當場輕飄飄地蓋到我頭上，宛如棉花糖般柔軟的大腿從左右兩側夾住我的臉頰。

（嗚嗚……）

我抓住尼莫的一雙小腿，將她抬高……現在我的頭部感覺又柔軟又溫暖，而且還被超級香的氣味包覆著，簡直是爆發地獄。還有緊貼在我後頸的這、這個感覺像布料的觸感……非、非常不妙啊……誰來救救我……！

「我摘到啦，遠山金次！哈哈哈！唔唔，雖然裡面有種子，吃起來不太方便，但超級甜的呀！」

尼莫的注意力完全被香蕉引走，沒有發現我在她腰下做壞事的狀況。

「我也幫忙摘你的份吧。你要多少？」

「好溫暖。」

「什麼？」

「啊，不。今天只要摘一些就好了。下次再帶小金次來幫忙摘吧。」

就這樣，我好不容易撐過尼莫的香蕉地獄時間——以頭上蓋著裙子的模樣讓尼莫回到地面上。

……這次雖然勉強忍住沒有爆發，可是……

我要小心別陷入回想爆發才行啊。真是誇張的一次體驗。

隨著我們爬上東北側的山，周圍植物越來越少……被岩石擋住去路的狀況倒是越來越多，每次都讓我們必須繞路，穿過岩石與岩石之間的縫隙。

可是就在這時，爆發災難一波未平一波又起。我們遇到一處必須把腳張開來撐在兩邊岩石往上爬兩公尺高的地形——而比我先往上爬的尼莫忽然……

「嘿……咻。哦哦，從這岩石上可以看到西邊的海灘呢。景色真不錯。」

在我頭頂上兩腳開開如此說道。為什麼妳要用那種姿勢停下來啦！我這邊是眼前景色好到讓人傷腦筋啊！

可是如果我講出來，她應該又會生氣說什麼『你這傢伙那麼想看我的內褲嗎！』之類的，所以我不會講啦。話說尼莫，在這種需要張開雙腳爬的地方，拜託妳不要比我先爬行不行……！

尼莫或許因為在文明社會時代總是穿黑絲襪，又有大衣遮住腰部周圍——結果以一個女生來說，她尤其對下半身很不注意。今天的她又是水蛭事件又是騎脖子事件的，上下都不斷在刺激我啊。雖然我想她應該不是故意的啦。

「你也快點爬上來呀，別拖拖拉拉的。從岩石區那邊好像有白煙冒出來，我想聽聽看身為火山國人的你的見解。」

「哦、哦哦……」

我如此回應並往上爬——但我為了不要看到尼莫的櫻桃而沒有抬頭，結果頭頂忽然頂到了尼莫的屁股。

「呀哇！你、你這傢伙——」

「搞什麼啦妳才快點往上爬行不行！」

我不禁反過來惱羞成怒地伸出雙手想把尼莫的背部往上推——可是尼莫這時卻動了身體，導致……

有如重現魚鷹上的那場悲劇一樣，我的手推到了布丁般柔軟的屁股。左右手各一邊，抓到尼莫呈現倒立愛心形狀的小屁屁。

「呀哇！你你你這傢伙在抓什麼地方！」

砰！全身趴到岩石上的尼莫當場朝我的臉踹了一腳——讓我往下摔了約兩公尺高。

不過摔在石頭上的痛倒是讓爆發性血流停了下來，算是不幸中的大幸吧。

東北側的山雖然地形險峻，但也不至於到無法攻略的程度。尼莫爬起來沒什麼問題，而我全身上下的傷也都是被尼莫又打又揍才留下的。

我和尼莫互相合作，彼此拉拔，抵達山頂附近——

「剛才也有看到的那個白煙到底是什麼？味道聞起來像是臭掉的雞蛋呀。」

「這是硫磺的味道。也就是說……搞不好這裡有溫泉啊。」

如此對話的同時，我們來到了那個冒出蒸氣的岩石區。

果不其然，那裡有大大小小的好幾池溫泉。在蒸氣瀰漫的岩石區這般有如異世界的光景中，我試著摸了一下各處溫泉的水……整體來講有點太燙了。

不過其中最大的一池溫泉有些地方水溫就剛剛好。可以泡呢。

「尼莫，這池泉水的這個角落附近可以泡澡喔。恭喜妳啦。」

我說著，伸手指向雖然岩石崎嶇不平不過面積很廣的天然溫泉。可是……

「——這個蠢貨！人類怎麼可能泡到熱水裡？你想把我煮來吃嗎！」

尼莫卻生氣了。她明明那麼喜歡沖澡，卻不喜歡泡澡啊。

然而很可惜的是，這次到東北側這座山的探險行動中，目前頂多只有發現香蕉樹而已。如果到最後只有留下被尼莫又打又踹又不小心摸到她身體這些難過回憶，我也很不甘心，於是……

「那我要泡了。下次再帶鳥蛋過來做溫泉蛋吧。」

我說著，脫掉鞋子，脫掉上衣，拆掉槍套。

結果尼莫忽然露出著急的表情抓住我的身體……

「不、不要這樣，遠山金次。進熱水可是會縮短性命的！體內的蛋白質會受熱凝固，進而導致死亡呀！」

如此勸阻我。法國人還真的沒有泡澡的習慣啊。

「沒問題啦。古代羅馬不是也有所謂的公共浴場嗎？泡澡可以促進新陳代謝，提升免疫力，其實反而能夠延長壽命啦。日本人每天都會泡澡，卻是世界上最長壽的啊。」

我重複以前在巴黎對貞德也講過的對話，並逃離尼莫面前，躲到岩石後面——哇，只是把腳泡進去就這麼舒服啦。這溫泉的水質似乎含有稀硫酸，算是弱酸性吧？

我接著把上衣跟褲子也都脫掉，坐進熱水中。

除了屁股必須坐在粗糙岩石上這點之外，真是太享受了。

「哎呀～真是舒服……上次在星崎溫泉以來好久沒泡露天溫泉啦……」

我說著，按摩起剛才被尼莫又打又摔留下的瘀青……

「……」

尼莫則是從岩石上偷偷摸摸地，像在觀察人體實驗一樣偷窺著我。於是……

「妳如果害怕可以不用泡喔。」

我一邊用熱水洗臉一邊這麼調侃她。

「你、你這傢伙少瞧不起人！我才不會害怕什麼。你給我乖乖待在那裡，我要在這塊岩石後面，泡、泡進去。你可別偷看，絕對不准偷看喔。我會把劍帶在身邊喔。」

結果尼莫如此說著……在岩石上面脫起了水手服。看來比起對泡熱水的恐懼，她愛乾淨的個性更為強烈的樣子。糟糕，我真不該講那些多餘的話。

沙、沙。從我背後上方傳來尼莫把裙子、上衣等等衣物放到岩石上的聲音。內衣的肩帶還垂下來微微碰到我的頭。

我趕緊把身體縮起來，將視線往下移……

「嗚……嗚嗚……」

從岩石另一側「啪唰、啪唰」地傳來尼莫泡進熱水中的聲響。

聽到那樣的聲音，即使我不願意也會意識到尼莫現在是全裸的事情——不禁覺得一對男女裸著身體待在這麼近的距離不是一件好事。

於是我偷偷爬起身體，結果——嗚嗚……？

隔在我跟尼莫之間的這塊岩石，根本裂成一個V字形嘛……！

而且透過那個縫隙，可、可以看到——尼、尼、尼莫全裸的背影啊……！這次不再只是上半身或下半身，她終於用全身對我使出視覺性攻擊了！

「哦哦……確實，只要習慣水溫……泡起來還真舒服呀。」

尼莫還悠哉地說著這種話，但要是她把身體轉過來就完蛋了。要是那麼高等級的美少女從正面讓我看到全身裸體，光靠數質數或難讀漢字絕對無法對抗，搞不好會讓我留下創傷後壓力症候群啊。然後在這座島上根本沒有什麼精神科醫院可以治療我。

我只好在不得已之下用槍套遮住胯下的同時——使出濠蜥蜴，不發出水聲遠離岩石邊……燙！燙燙燙……！穿過冒泡的溫泉熱水區，好不容易脫逃出來。

（唉……跟女人一起行動真的很要命啊……）

後來，在距離尼莫稍遠處的岩石區……全身被熱水泡紅到肌肉搞不好真的會受熱凝固的我……一下趴地一下蹲坐，讓腳或屁股貼到岩石上降溫。就在這時，我降溫中的屁股忽然「啪啪」地被呈現妖精外觀的墨丘利用小手拍打幾下。痛、痛啦。現在我皮膚被熱水泡得很刺痛好嗎？

「……什麼事啦……？」

我一邊如此抱怨，一邊穿上內褲低頭看向墨丘利……

結果墨丘利不知舉起了什麼東西給我看。

平坦而呈現銀灰色，像豆子一樣小的東西。

「……？」

我一開始還以為那是墨丘利的身體一部分，但是——

不對，那看起來像是一塊鋁。雖然因為腐蝕讓人看不清楚表面的文字，不過——

那是比日幣一圓還小的——硬幣……！

即使無法確定是否真的是錢幣，但很明顯是人造物品。

幾乎呈現完全圓形，而且厚度均一的金屬，不可能會是自然生成的東西。

「……騙、騙人的吧……？這、這是妳在這附近找到的嗎？」

聽到我如此詢問，墨丘利便點一點頭。因為她不會講話，所以靠點頭回應了。

我拿起那枚硬幣用手指把表面擦乾淨，試著解讀上面的圖案或文字。

接著勉強可以看出來的是……十、『十六瓣菊紋』！……還有，『富士山』的圖案……！

「……！——尼莫！我們休息一下就立刻出發！墨丘利，妳帶我們到妳發現這玩意的地方……！」

為了不要讓尼莫空期待一場，我並沒有把詳細狀況告訴把衣服重新穿好的她——

在墨丘利的帶路下，我們從山頂又繼續走向東北側的懸崖附近。

墨丘利比的手勢解讀起來，她似乎是在這裡發現那枚硬幣的。

這地方的高度約海拔一百八十公尺，因此可以確定硬幣並不是六年前印度洋大地震造成的海嘯沖過來的。

「遠山金次，雖然你好像發現了什麼東西——但這一帶的硫磺氣味好重，我不太想久留呀。」

「嗯……我知道……」

我與表情擔心的尼莫一起不斷往東北方行進。地形漸漸變成下坡，然後很快又變成教人心驚膽跳的陡峭斜坡。

剛開始因為只有岩石，爬起來很吃力。不過隨著高度下降，貼在岩石上的藤蔓或樹木逐漸增多……讓我們可以抓著它們，比較容易往下爬。

就這樣，我和尼莫兩人來到島嶼東北方的盡頭——「最終領域」之中最後的區域。

「到此為止了。」

正如尼莫所說……

這裡是一處垂直懸崖的上面。

下方只有一片到處都是崎嶇的黑色岩石的海面。海拔約五十公尺左右吧。

在這座懸崖的對面還有一塊從海中伸出來、像大樓一樣的巨岩。巨岩平坦的上半部雖然被樹木和藤蔓植物完全覆蓋，不過下半部則是裸露出灰色的岩壁。

高度跟這裡一樣約五十公尺，邊緣處距離這邊大概七公尺左右。雖然只有相隔幾公尺的距離，但畢竟是跟大島分離，因此也可以說是第三座島吧。

只不過那塊巨岩與其說是個別形成的島嶼，看起來更像是這座岩石山的一部分在海浪侵蝕下斷裂掉落到海中的。雖然從岩壁的狀況來推斷，那應該是發生在幾百年前的事情就是了。

然後在那塊巨岩的上面頂端附近……茂密的樹木縫隙間……

我好像看到了什麼東西。顏色跟周圍的叢林一樣。

而且明明沒有傳來什麼聲響，我卻有種聽到聲音的感覺。

或許只是我的錯覺，但總覺得『那東西』好像在呼喚我──

「──不，我們過去看看。只要把這棵樹朝那方向砍斷，就能搭成一座獨木橋了。」

我說著，並伸手指向一棵長在懸崖邊的高大樹蕨。因為我語氣堅定又明確，所以尼莫也沒有提出反對──

於是我們用墨丘利變成的線鋸把樹蕨朝巨岩的方向砍倒，架成橋梁。

樹蕨的樹幹部分是根與維管束的集合體，表面粗糙不易手滑，讓人可以較容易爬過上面。

話雖如此，但畢竟不算很粗，因此先由體重較輕的尼莫綁上一條藤蔓當救命繩爬過去。

樹幹光是讓尼莫坐在上面一點一點慢慢往前爬，就已經彎曲得很明顯了。雖然尼莫約五分鐘後平安度橋過去……但過程感覺有點危險，以我的體重應該沒辦法過去。

「首先由我和墨丘利去探索。如果沒發現什麼東西，你也不必要冒險過橋了。」

尼莫如此說道後，轉身進入最終領域盡頭的再盡頭……一個人消失在巨岩上的叢林中……
過了短短幾分鐘，她又神情驚慌地跑回來……
「——你還是過來吧，遠山金次。我砍倒這邊的樹，朝那邊再搭一座橋。」
然後慌慌張張地讓墨丘利變成線鋸，抵在一棵樹上。
「怎麼？發現了什麼東西嗎？」
「對。可是關於那東西，我認為你應該會比我了解。」
尼莫說著，將一棵比剛才粗的樹蕨朝我這邊砍倒——於是我度橋過去，來到巨岩上面。接著在這塊不到五十公尺見方的岩石頂上，尼莫撥開樹叢帶路……
最後我們來到彷彿支配著這片狹小森林、在整座島上也堪稱數一數二的巨大樹木邊。那外觀看起來有如好幾棵樹融合在一起，是樹幹和氣根糾結纏繞的巨大榕樹，而且表面還有絞殺植物附生，讓它看起來更加錯綜複雜。
（……嗚……！）
我和帶我過來的路上都不講話的尼莫一起抬頭望向上面……
在那棵樹上——
「……零式小型水偵……」
就連知道那名字的我，也講不出第二句話來。
在那裡，是一架被樹枝與藤蔓糾結，比起通常的顏色稍微偏藍的深綠色塗漆只剩下一點點的——前帝國海軍的水上飛機。

這裡雖然如今已是誰都不會經過的江洋孤島……然而在六十五到六十八年前，包含這裡在內的南洋區域全部都是日本領區……是軍艦與軍機來來往往的太平洋戰爭海域。而這架飛機就是當時遺留下來的東西，由橫須賀鎮守府海軍航空技術廠開發出來的零式小型水上偵察機。當年搭載於伊九型與伊十五型潛艇，隨母艦浮出水面的同時組裝起飛，運用於重要地點偵查的水上飛機。因為可以在水面上滑行起降，所以不需要機場跑道。以大戰中唯一對美國本土進行過空襲的日本軍機而聞名。

我小心翼翼地靠近並爬上樹一看……沒有錯。還保留原型的引擎罩上凹凹凸凸的整流構造，是零式小型水偵使用的日立天風發動機的特徵。雖然獨特的下側垂直安定板以及折損腐朽的主翼都只剩下骨架，不過機體本身的金屬部分即使有生鏽也幾乎完全保留下來，在駕駛艙附近還能看到激烈中彈的痕跡。

畢竟是半世紀以前墜落的飛機，讓人不曉得當年究竟是被擊墜到這棵樹上的，還是墜落到島上之後才被長出來的樹木撐高的……

「……遠山金次，那個……」

尼莫似乎想說些什麼而從下面叫了我一聲——於是我會意後……

「不，裡面沒有骨頭……」

姑且把自己看到的狀況告訴她了。

確實，當年的駕駛員即使遭遇如此慘況也似乎成功脫逃的樣子，裡面看不到什麼人骨或可能是遺物的東西。雖然擋風玻璃破裂不堪，但複座式的駕駛艙風罩兩個出口都是在打開的狀態下生鏽。可見機內人員當時打開風罩出去後，就沒再回來了。

剛才墨丘利給我的那枚硬幣——有富士山圖案的一錢硬幣（註5）——大概就是當年這架飛機的人員掉落在這裡的吧。他們從這巨岩上靠某種方式到了大島……而且從島上完全找不到有人居住過的痕跡看來，當年他們應該是很快就被軍艦救走了。

「遠山金次，那是你祖國的勇敢戰士使用過的武器。見到它變成那個模樣，我想你肯定內心複雜吧。不過我們現在非常需要物資，因此在獻上最大敬意的同時，我們還是必須——」

「不，妳不用對我顧忌那麼多。搭乘這飛機的是我爺爺的同僚。當年被擊墜下來想必很不甘心，但他們似乎都脫逃生還啦。」

尼莫想說的，應該是提議今後把這架飛機——也就是一大塊的鋼鐵——所在的這個地方當成我們的採鐵場吧。

已經腐朽的飛機當然沒辦法拿來飛，不過只要將它解體，就能大量獲得我們夢寐以求的鐵，使生活品質大幅改善。

因此這裡就……

「今後我們再過來這邊採鐵吧。反正都難得搭了橋嘛。」

由我主動如此提議了。

註5　日本貨幣單位，一錢＝〇・〇一日圓。於一九五三年停止使用。

「只要將機體拆解，就能得到齒輪或鐵棒之類的東西。這下可以永遠定居在這裡啦。」

「說得對……等等，我可沒有在這種島上定居下來的打算喔？」

我差點表示同意，又趕緊如此吐槽後……

「……說得對。」

尼莫如此說著，對爬下樹的我抬頭微笑。

不知道為什麼，她的眼神看起來有點悲傷。

5彈　我與你的均衡

探險完的隔天，一方面也因為疲累，我們決定留在家做手工……我用磚塊堆出防風牆的基礎部分，接著為了做午餐，把插在竹籤上的魚乾拿到屋子前的營火邊燒烤。

尼莫則是用竹子跟木頭的纖維不知道在做什麼像編織物的東西，然後到了中午前說著「做好囉」，並拿給我看的是——傘。

「傘啊……！我都沒想到。之前只要下雨就無法行動，不過現在只要有這個就能到屋子附近走動啦。」

「呵呵！雖然吹強風的時候沒辦法用，不過這也能當成擋陽光用的陽傘喔。怎樣，適不適合我？」

身穿水手服的尼莫如此說著，把傘撐起來。眼角尖銳的雙眼笑咪咪地，上半身像在裝可愛一樣稍微傾斜。水藍色的雙馬尾隨著上半身一起垂下來——

「哦、哦哦，很可愛啊。」

不管對尼莫心動了幾次都無法習慣的我，結結巴巴地將眼前看到的感想直接說出口後……

「我、我是在問你適不適合呀！什、什麼可愛……你這傢伙老是這樣講我，到底是什麼意思？每次被你這樣講，我的心臟就會用力跳呀。你這是那個、覺得這樣的我、呃、是個好女人嗎？是對我有興趣嗎？以一個女生來說。」

尼莫雖然嘴上生氣，表情卻莫名開心地逼近到我面前。

話說，我才想問妳問那種事情是什麼意思啊……

「呃不，這是那個……」

因為這是不論否定還是肯定都會被罵的那類問題，讓我頓時紅著臉支吾起來。

結果尼莫把傘伸出來……

「你說呀！」

讓我也跟她一起到傘下了。

……用陽傘的情人傘什麼的，就算是貞德會看的那種少女漫畫都不一定會有這種情節吧？

「呃……」

「……回答我。」

不知該怎麼回答的我低頭看著尼莫，等待我回答的尼莫抬頭看著我——

像這樣互相凝視，漸漸讓我覺得原本互相為敵的兩個人居然在搞這種羞恥行為也太奇妙了。

然而正因為原本是敵人，現在我認為尼莫「好可愛」的這件事……以金女的講法來講很悖德，反而更加讓人產生強烈的感情。

「……」

「……」

不論是不是什麼超能力者，女生們總是能夠用「傘」這種東西施展出不可思議的魔法。讓同在一把傘下的對象無法逃脫，簡直像某種結界一樣的魔法。害得我就跟以前被理子施法的那次一樣，無法從這把傘下逃出去。明明我也沒有被綁住什麼的。

「——汪汪！嗚嚕嚕嚕……」

就在這時，蘭迪斯吠叫起來——讓尼莫把頭轉了過去。而且不知道她是覺得被打擾了還是怎樣，表情看起來有點不愉快。

對我來說是得救了啦，不過到底怎麼回事？蘭迪斯算是比較安靜的狗，從來沒有用那種聲音吠叫過。難道是見到我跟尼莫像在親近而吃醋了嗎？可是牠雖然被取了個像男生的名字卻是一隻母狗吧？

……我這麼想著，轉頭看向蘭迪斯……

不對，蘭迪斯是對著下風處——全身體毛豎立起來，持續發出低沉的吼聲。

仔細一看，小金次也在蘭迪斯的背上朝著同個方向露出牠小小的利齒。

那兩隻動物瞪著的方向是從海灘連接到叢林的一座懸崖，在崖上有矮樹叢……

那片乾枯的矮樹叢「沙沙、沙沙」地……發出聲響，然而……不是因為風吹。

「——嗚……！」

注意到**那個**的瞬間，至今的人生中應該已經對恐怖玩意看習慣的我——也忍不住被嚇得發出聲音來。

發現得太遲了。因為矮樹枯黃的枝葉以及黑色的陰影完全形成對方的保護色。

距離這邊連五公尺都不到的崖上，有個和矮樹叢一樣呈現土黃色配黑色條紋的東西在蠢動，是大型野獸。

在太陽光照耀中閃了一下光芒的那對黑色眼眸，和我對上了視線……！

「尼莫快逃！」

我如此大叫的下個瞬間，「啪！」一聲從枯黃矮樹叢中跳下懸崖的那玩意——

全身的體毛是略帶紅色的黃毛與黑毛交錯，在脖子附近長有鬃毛的……

（蘇門答臘虎——老虎啊！）

體長比三公尺短一些。「砰！砰！」地踏在沙子上衝過來的那個體重，約有我的兩倍。

雖然比日本的動物園中常見的孟加拉虎還小隻，但相對地動作也很敏捷。

老虎輕鬆跳過我才蓋到一半的圍牆，「吼啊啊啊啊！」地發出打雷般的咆哮——明顯瞄準我的頸部張開血盆大口，撲了過來。

「金次！」

就在我差點被咬到前，尼莫把傘丟到我前方，幫我遮住老虎的視線。

砰！老虎把我連同傘一起撞開——衝到我的背後。

（嗚……！）

雖然沒有被咬，但老虎在穿過去的同時用爪子削到了我的後頸部。光是削過去就讓人有種被刀子切到的觸感。要是再抓得深一點，我的頭皮後半部應該就會被剝下來了吧。

我因為一直以為這座島很安全，所以武偵彈和手槍都收在包包中避免被海風吹到。而那個包包現在在屋子裡。除了要進叢林的時候以外，最近尼莫也都習慣把武器留在屋子二樓。這麼大型的猛獸，明明之前都沒見過的……為什麼會突然冒出來！

老虎用身體撞壞屋子前的營火，大口吃起我正在烤的魚乾。

——牠餓了。餓到甚至超越動物對火的恐懼本能。

大概是因為我和尼莫吃了山中的植物，使島內的食物鏈產生變化——因果循環中使得老虎的食物減少了。昨天我們探險時看到蘇鐵樹上的傷痕，就是這傢伙用爪子留下的警告：『這座島是本大爺的地盤，外來的傢伙給我滾！』的意思……！

然後，光是一兩條烤魚乾根本不可能讓巨大的老虎吃飽肚子。果不其然，那傢伙緊接著又盯上近處的生物，體型大又動作遲鈍的人類——當中感覺比較弱的雌性，也就是尼莫。「啪！」一地在沙子上用力一蹬，衝了過去——！

「——嗚……這傢伙……！」

尼莫從水手服上扯下防刃領巾，彎成U字形。將一顆石頭夾在中央當成臨時的投石索，大幅擺動她嬌小的身體，「咻！」一聲朝老虎擲出時速近九十公里的石頭。然而——老虎輕易就躲開了攻擊，而且本身幾乎都沒有減速。

不行，這老虎能夠看穿人類使用的直線性飛行武器。恐怕是曾經有被人開過槍的個體，而既然現在還活著，就代表牠嘗過人類的味道。

「金、金次……！」

老虎的利爪連熊都能撕碎，尖牙連象都能咬爛，那樣恐怖的東西正逼近著比熊比象都小隻的尼莫。

「嗚喔喔喔喔！」

我全身撲向尼莫，鑽過老虎的爪子下——連同尼莫一起從屋子前的沙灘滾向海邊。平緩的斜坡上掀起白色的沙煙，我的臉埋進尼莫胸口——一方面因為加速力道太強的緣故，尼莫比我滾得更遠，到了海岸線附近。再過去就是大海，無路可逃。

打算襲擊尼莫的老虎再度蹬著沙子衝過去——

——同時，我左手撐在地面上朝牠側腹踹出一腳。

伴隨沉重到與其說是踢到動物、還比較像踹到什麼圓木的觸感——老虎被我踹開，我也因為反作用力，分別在沙灘上彈向東西兩方。

「——既然有長鬃毛，代表你是公的對吧。雖然你前腳後腳都只有腳……不過居然有男的敢對我的女人動腳，我可不能原諒喔。」

這個講話方式……我自己也知道。剛才與尼莫的交錯之間……我進入爆發模式了。雖然有點對不起尼莫，不過這是我自己想爆發所以利用她爆發的。

與尼莫兩人獨處的生活中，我總是忍耐再忍耐，到今天都沒發動過——不過一旦面臨性命危機，就能如此輕易便爆發啦。

「金、金次……！你、你這傢伙、剛才說、說我、是什麼……！」

在海浪潑打處的尼莫聽到我爆發模式下的發言，即使到這種時候也滿臉通紅地全身僵住了。不過那樣就好。我剛才那句『我的女人』發言，其實是故意講出來的。為了讓尼莫不要亂動，還使用了帶有誘惑性的聲音。畢竟外行人想要打退食人虎可是很難的一件事，萬一她胡亂插手我可很傷腦筋。

「放心吧，尼莫。我會保護妳。」

我甚至還額外附贈這樣一句有點畫蛇添足的臺詞。因為在羅馬跟東京的時候尼莫那麼嚇人的表情現在卻慌張得如此可愛，讓我不禁覺得有趣啊。

保護尼莫，是嗎？我居然會做出這種事情——那時候做夢都沒想過呢。

「吼嗚嗚嗚嗚嗚……」

對於剛才那一記肝臟踢似乎不太滿意的蘇門答臘虎不斷滴著唾液，與我拉開距離。

然而那是錯誤的選擇。就跟剛剛的尼莫一樣，人類即使跟對手之間有一段距離也照樣可以戰鬥。

不過這隻老虎似乎可以看穿像子彈或弓箭之類的飛擲武器。牠曾學習到只要避開對手的視線，也就是避開子彈或弓箭會飛過的『線』就不會遭到攻擊。

既然這樣，我就用『面』對付牠。

「我家老弟以前似乎也討伐過猛虎的樣子，而兄弟大概很容易遇上類似的命運吧。然後根據那個老弟的說法，我們兄弟最強的武器是這個啊。」

我說著，把自己的手掌亮給老虎看。

然後將右手放到張開的左手上，把雙手都縮到右臉頰後面。

現在是在女生面前，所以我就一方面展現出愛護動物的精神……用徒手，溫柔**馴服**對方吧。畢竟蘇門答臘虎好像是瀕危物種嘛。

好啦，我這招……雖然對上龍的時候失手了，不過對上虎又如何呢？

就在老虎準備再度朝我衝過來的瞬間，我有如做出反擊般——

「炸——」

用左手放出櫻花衝擊波——

同時用右手橘花抵消朝我自己方向產生的衝擊波。

「————霸！！！」

——炸霸。我放出在我的徒手招式中很難得的中距離攻擊後——

轟磅磅磅磅磅磅磅磅磅磅！

伴隨宛如大砲般的轟響，沙灘以我為起點被激烈掀了起來。就像波浪一樣，呈現扇形擴散出去。

炸霸的衝擊緊接著「轟————！」一聲正面撞上老虎。

被巨響嚇得一時僵住的老虎就像被巨大手掌賞了一記巴掌似的，當場往正後方飛了五公尺遠……在沙灘形成的緩衝墊上滾了好幾圈，長長的尾巴也「啪嗒啪嗒！」不斷甩在地面上。

雖然感覺並沒有受到什麼嚴重的傷害，但老虎大概是理解自己被什麼肉眼看不見的飛行武器攻擊到的事情；四隻腳掙扎似地對空中亂抓一陣後，爬起身子來，不過背對著我。

野生動物並不會崇尚什麼毀滅的美學，明白自己打不贏我的老虎立刻夾起尾巴，全力逃跑了。我本來還以為牠會逃進山中……但牠卻是「嘩唰嘩唰」地衝進海裡。

只把頭伸出海面，發揮頗為厲害的游泳技巧逃往珊瑚礁的方向。

畢竟蘇門答臘虎在野生動物之中算是很少見的長泳健將。牠大概是判斷如果逃進山中會被我追上，所以選擇靠長泳擺脫我的吧。

看著老虎從途中開始與其說是在游泳還比較像是被海流沖走的模樣，我感覺隱約要想到什麼事情……並目送牠離開似地遠遠眺望著……

（……）

「你那是……HSS對吧？」

不知什麼時候站到我旁邊的尼莫如此說道，於是我把頭轉了過去。

「誰曉得？我可聽不懂妳在講什麼。」

我試著稍微裝傻一下，但尼莫對於我的特殊體質似乎調查得很詳細的樣子……

「你、你對我這種人、居然還真的可以進入呀。對、對我這種、男人婆……！」

然而她對我會因為她進入爆發模式的事情好像感到很驚訝。

或許是她一直以來都像個軍人一樣過著男性般的生活，所以很少被當成女性對待吧。

「關於這點，我也聽不懂妳在講什麼呢。我的眼睛只有看到一位充滿女性氣質而惹人憐愛的淑女啊。」

我說著，瞥眼露出微笑後……

「～～～……！」

尼莫當場滿臉通紅，睜大眼睛呆站在原地──

然後「吼啊！」一地舉高雙手，想使出以前那招像在跟人擊掌似的巴掌攻擊。可是……她看到我後頸被老虎抓到流血的傷口，「啊！」一聲取消了攻擊。

「──要、要趕快治療才行。野獸的爪子上都是雜菌，跟生物武器沒有兩樣呀。你坐在那裡乖乖等我。」

她說著，轉身跑回屋子中，把具有殺菌效果的藥草──魚腥草拿過來，用那愛心形狀的葉片幫我治療起來。

動作非常細心、非常呵護……充滿女孩子的感覺。

萬一老虎再度來襲也很傷腦筋，因此我和尼莫後來努力造磚──隔天便在屋子周圍完成了防風兼防虎的保護牆。牆壁形狀有點像是歐洲的城牆，讓人可以感受出尼莫的品味。

不過教人意外的是，這圍牆對於我和尼莫之間的關係造成了很要命的效果。

在那圍牆內側與尼莫一起用餐……一對男女同居在一個家的感覺就會莫名增強啊。

因為人通常不會一天到晚看牆壁，所以很自然就會把視線望向家中。

如此一來會看到的就是對方的身影，使得我和尼莫都陷入必須整天互望的狀況。

也因此每當在近距離四目相交，我們就會慌慌張張把眼睛別開，搞得整個空間瀰漫著宛如在相親似的緊張氣氛。而且是在這個每天都要在此過夜的自己家。

自從我在爆發模式下講出什麼『尼莫是我的女人』發言並擊退老虎之後，尼莫就變得經常偷瞄我……然後當我察覺她在瞄我而把頭轉過去，她又會面紅耳赤、態度慌張地把頭低下去。接著大概是回想起我對她講過什麼『我會保護妳』啦、『妳是個充滿女性氣質而惹人憐愛的淑女』之類雞皮疙瘩掉滿地的臺詞，她又會一副開心模樣地扭扭捏捏起來。即便是在普通狀態下的我，從尼莫那樣子也能看出她是把我意識為一名異性。

而人類一旦被人意識到，自己也會意識起對方——每當夜晚要來臨的時候，我就會回想起大哥說過『即便是原本互相敵對的男女，只要一起生活就……』的發言，以及佩特拉變大的肚子。為了不要看到宛如等身人偶一樣工整均勻的尼莫穿水手服的模樣，我只能不斷埋頭盯著參考書，搞得我讀書效果好得不得了。

另外還有個現象也是從我擊退老虎之後開始發生的……

尼莫變得又會清洗貝殼盤子，又會用樹木纖維縫補破掉的鞋子，又會做菜又會打掃的，積極做起以前她不想做的各種家事。

雖然這件事本身對我來講是幫助很大……但就像現在尼莫在收衣服的時候，我總會在本能上看向她那短裙在海風中搖晃的屁股……然後對這樣的自己慌張起來。

因為尼莫用軍服遮起來晾在竹竿上的——是她的內衣褲啊。也就是說她現在底下什麼也沒穿的意思不是嗎？這狀況根本恐怖到讓人沒辦法正常生活了。我還是把注意力逃避到日本史參考書中吧。

話說比這種事情更重要的是，當尼莫像那樣把主要的家事都做完……感覺就好像尼莫變成了我的老婆，讓我超害羞的。

不只是害羞，心中也會湧起某種難以言喻的不安。

——尼莫對於在這島上的生活相當積極。

之前其實就算很積極的她，現在連對於和我的共同生活都變得積極起來。也因為這樣，甚至醞釀出某種我和尼莫會永遠在這地方一起生活下去的氛圍。

就連我現在為了考試在念的書，都搞不清楚有沒有意義了。萬一最後必須在這孤島上定居，我和尼莫……就真的變成關在同個籠子的公母倉鼠狀態了。那也太恐怖了吧？搞不好是至今人生中最最恐怖的狀況啊。

這跟刺針飛彈或88mm砲彈朝自己飛來時一瞬間的恐怖，只差在到達恐怖頂點前的時間不同而已——總覺得某種BAD END正一天又一天，慢慢逼近眼前。

不，搞不好其實……

我們已經準備要進入那樣的結局了。

——「男人與女人沒能逃出無人島，於是兩人相親相愛地永遠在島上住下去了」的結局。

因為到頭來讀書也沒辦法專心——於是我把從山上採來的山薯放在石盤上磨碎，跟蘆葦芽混在一起製作成金次牌穀物棒。就在這時……

「遠山金次，我來幫忙吧。哦哦，要做這麼多量呀。」

我猜底下應該還沒穿的尼莫忽然站到我旁邊，幫忙我把穀物做成棒狀。

「這、這是為了準備下次去東北山上採鐵時可以吃的啦。不過山中的山薯好像已經剩得不多了，以後要挖也必須克制一點才行。」

「意思是說……只能等它們自然再長了嗎？哦哦對了，金次，我有稍微想過，要不要試著種植山薯看看？也就是來試著開墾田地，把其他島上生長的食用植物也全都種下去，增加數量。這樣一來就能穩定獲得糧食了吧？」

「嗯～這想法是不錯，但我們只有兩個人啊。種田這種事情乍看之下好像只要放著它就會自己長，但其實是非常需要人手照料的。如果有個十人、二十人就好啦……」

雖然漂流者人數增多的話，需要的糧食量會跟著增加，不過也確實可以比現在做更多的事情。因此我講出這樣的發言後——

「……十、十人、二十人……？你、你要我、生……生、那麼……」

咦？尼莫怎麼忽然變得臉紅，把頭低下去了？而且還停下幫忙製作穀物棒的手，拿起了竹掃把。她是要掃地嗎……？我不禁疑惑地望向她，結果她居然「砰！砰砰！」地用掃把打我了！為什麼？真的為什麼？

「你這傢伙！人家！不管你了！」

「喂！搞什麼啦！我做錯什麼！」

「——十八個小孩子哪裡生得出來呀！如果說是八個小孩還沒話說！」

「為、為什麼農業的話題在妳腦袋中會變成那樣啦！」

「因為、在『教授』的條理預知中……說我和你、會、會結在一起……」

滿臉通紅的尼莫將掃把緊緊抱到胸口雙峰之間，朝我瞪了過來——

「結、結在一起，是什麼跟什麼結在一起啦……？」

人體跟人體之間能夠結在一起的部位應該頂多只有頭髮，但我的頭髮還沒有長到那麼長。所以我才試著問了一下——可是尼莫卻用掃把將臉藏起來嘀嘀咕咕自言自語，沒聽到我的問題。

「不過、不過那也要看我和你怎麼決定。畢竟我們兩人都擁有連條理預知也能改變的力量——我自己有個假說，如果 Enable 跟 Disenable 合在一起，肯定……」

如此呢喃的尼莫接著又把眼睛抬起來望向我，眼神看起來有如一隻飢餓的老虎。

怎、怎麼回事？我這次又是什麼部分被盯上了？

「……我、我要去睡了……！」

根據過去的經驗，像這種時候我總是會因為對女性的無知而做出不適切的發言，惹對方生氣。因此我打算逃進屋子中，可是……

「還沒結婚就講出那種話的野獸給我睡在外面！」

我似乎早就做出惹尼莫生氣的發言，結果她一把扯住我，不讓我進去屋內。

然而就在這時，從深山中——嗚～……吼～……

或許是因為老虎消失而現身的大山貓之類的野獸發出叫聲……

「……你過來！」

尼莫大概因此回想起老虎而害怕了，又把我推回屋子裡。

一下叫我出去一下叫我進來，到底在搞什麼嘛？

從棲息在這個地區以及叫聲不算大等等的線索來推斷，那山貓應該是石虎。體型遠比人類小，在日本的西表山貓就是其亞種。

因此其實那不是什麼可怕的野獸，但尼莫卻被那聲音嚇到……很傷腦筋地，居然說要睡在我住的一樓。而那個山貓不知道是發情期還是怎樣，一直叫一直叫，也確實會讓人有點毛骨悚然，於是我不得已只好跟尼莫分別睡在一樓的兩邊角落了。

然而這房間本來是設計給一個人住的空間，結果我們的背跟背還是會稍微碰在一起。而且到後來，尼莫被那聽起來像惡魔一樣的山貓叫聲徹底嚇壞——

「……」

居然心一橫，把背部用力貼到我的背上。

「呃、喂。」

「到……到天亮就好。」

尼莫纖細的背部……不只如此，跟胸部在不同的意義上帶有彈力的屁股也緊緊貼了上來，讓我實在受不了。正當我為了想辦法撐過這樣緊密的接觸而蠕動身體的時候……

「……」

尼莫忽然把我的手臂拉了過去，強制讓我轉身。

在月光透入室內的竹子小屋中，我被迫面朝尼莫的背部——變成彷彿從背後抱住她身體的姿勢了。而且我的右手臂還被尼莫當成枕頭，也就是俗稱的胳膊枕頭。

「……！……」

嗚嗚……我的臉不得不壓在尼莫的後腦杓，結果她髮量豐富的飄飄秀髮……散、散、散發出超級香的氣味……

不行、這樣不行啊……！

就算尼莫個性很愛乾淨，在這種地方也沒辦法用洗髮精好好洗頭。而且她的香水似乎用完了，讓這頭髮的氣味是純正無摻雜的尼莫香氣。文明社會中絕對難以體驗到的純度１００％，女孩子與生俱來的天然氣味。威力還真強烈啊……！

即便是因為爆發模式這種疾病而害得對女生氣味的知識有如侍酒師一樣豐富的我——也沒遇過讓人感到如此危險的上等貨。濃郁中帶有清爽的柔和酸甜味，不帶有一絲雜質。既像稀少的科西嘉島柳橙又像瑞尼爾櫻桃，天然形成的奇蹟芳香，通過鼻腔與我體內也存在的男性本能進行起原始的交流。真是太糟糕了，我的大腦皮質嗅覺區已經不只是爆發等級，甚至被麻痺到快要昏過去……不妙，口水都流出來了。

不只如此，因為我現在只有穿內襯背心，手臂是完全裸露。而尼莫柔軟又滑順的頸部直接貼在我的手臂肌膚上，超級舒服。

正當我如此默默與自己體內的血流交戰的時候——

「……金次，如果我們……就這樣留在島上沒辦法回去，你會不願意嗎？」

尼莫背對著我，突然從我的下巴下面問我這樣的問題。

「那、那種事情……我當然不願意啊。」

「那我換個問題。如果是和我一起，你覺得可以一直活下去嗎？」

「……要活是活得下去啦……」

總覺得好像在某種誘導套話中，我說出這樣一句話後……

「是嗎？這樣呀。」

尼莫躺著，似乎感到很滿意地點了好幾下頭。

啊啊、啊啊，拜託妳不要亂動！妳這樣頭髮會搔到我臉上啦！

隔天早上，我們趁著把金次牌穀物棒放在太陽下晒乾的同時——來到了大島叢林中算是比較安全的西側樹林進行採集。

如今我們已經把這座不算大的島嶼幾乎都掌握清楚了，因此能夠很有效率地將必要的東西採集到必要的分量。

在這裡的生活只會需要真正必要的東西，其他東西什麼用處都沒有。

這或許就是人類與世界本來應有的相處方式。因為羽毛很值錢所以把鳥獵捕到絕種，因為木材很值錢所以把森林砍伐到變成沙漠，整間房子、整座城鎮、整個國家都被自己幾乎不會使用到的道具塞滿的我們這些現代人……也許都應該重新體驗看看像這樣的野外求生生活呢。

剛開始還互相廝殺，甚至連火和水都想獨占的我和尼莫——如今會共用所有道具，也會分享各自所需分量的糧食與水。有點像是原始共產主義的狀態。

就在我如此想著自己到這地方來之後，人生觀完全改變的事情……並走在西側的叢林時，忽然來到一片樹林中的開放空間。這地方我們是第一次來——

「哦哦……」

「哇……」

在直徑約二十公尺左右、有如圓形大廳般的開放空間中長滿了白色的茉莉花，讓我和尼莫都不禁發出讚嘆的聲音。

這裡簡直就像一片天然花圃。我猜大概是地下不深的地方有堅硬的岩石，讓樹木無法在這裡生長所形成的吧。

尼莫終究是個女孩子，琉璃色的眼睛見到這片白花園便開心得閃閃發亮起來。稍微把腳踏進那片花圃就能發現，地面的矮草讓腳踩起來柔軟舒適。

今天沒有穿大衣戴軍帽，只穿軍服上衣與裙子配領帶——看起來就像穿女高中生制服的尼莫……走到花圃中央輕鬆跪坐下來，摘下一點白花裝飾在自己雙馬尾的根部。

平常總是表現強悍的她……像這樣融入花海中看起來，該怎麼說……

……真是、美麗啊。

雖然這島上到處都是美麗的東西，不過地球上最美的果然還是——

用鮮花裝飾的女性、吧。

她那件白色上衣彷彿變成了婚紗。日文中把新娘稱為『**花**嫁』還真是貼切呢。

我深深吸著茉莉花的香味並走近尼莫時……

尼莫忽然禱告似地小聲呢喃後，站起身子。

「——就在這裡吧。」

「什麼就在這裡？」

「結婚會場呀。」

不知是什麼巧合，用我剛才想到的『花嫁』這個詞相關的詞彙如此回答我的尼莫，使出宛如在跳舞般——但其實是摔拿招式的動作，抓住我的手臂一揮。

一方面因為我對尼莫美麗的模樣看得入迷，一方面也因為那動作實在太突然……

我就像跟尼莫共舞似地被她操弄，朝前方踏出兩、三步——

——接著被一臉笑容的尼莫伸腳一絆，往前摔倒。

在我倒下的同時，尼莫也在我底下往後一躺，將自己的背倒向鮮花地毯上——

隨著「啪唰」一聲……我全身覆蓋在尼莫身體上方。

「喂，尼莫……妳做什麼啦？」

突然被迫呈現這種姿勢的我，忍不住臉紅起來——

但是卻沒辦法用太強硬的口氣對尼莫生氣。

因為她……流著眼淚。

彷彿是要對我道歉似的，保持著臉上溫和的笑容。

「……有件事情，我一直隱瞞著你。不過我現在就告訴你……其實我、已經永遠都沒辦法使用陽位相跳躍了。我們這輩子……都沒辦法離開這座島了。」

尼莫她——

對我如此告白。

用像是努力擠出來的聲音。

「為……什麼？」

「反正已經不會再回到敵對立場了，我就回答你以前問過的事情吧。我的魔力——是來自色金。尼莫一族的初代——尼莫一世在教授的『瑠色研究』中接受了基因手術，能夠單方面吸收瑠瑠色金的力量。而那個力量也遺傳到我身上。」

——！……

原來、是這樣。不過對於她這段話，我在感到驚訝或懷疑之前就先明白接受了。

既然事情是這樣……我就能明白。明白尼莫能夠使用各種超超能力的理由，明白為什麼她使用超超能力時發出的光不是像緋緋色金的力量那樣宛如火焰的金色，而是像水一樣的藍色。現在回想起來，那顏色就跟我以前在內華達州的五十一區見過瑠瑠神的靈體顏色是同個色調啊。

就好像夏洛克用緋緋色金進行過『緋色研究』一樣——

莫里亞蒂教授也用瑠瑠色金進行過『瑠色研究』。

他們各自——利用了亞莉亞與尼莫。那兩個終生的競爭對手，同為世界數一數二的天才，彷彿互相成對般。

「尼莫一族從瑠瑠色金吸收魔力的方式，是類似攔截空中電波。我想你應該知道神崎・H・亞莉亞與緋緋色金之間的關係——不過尼莫一族的方式則不需要像那樣的心理性，或者說魔術性的同步行為。我們只要單方面與色金『通信』，就能夠『收訊』。然而……這地方是電波範圍之外，與所有的發訊器……也就是地球上存在的所有瑠瑠色金，都距離得太遠、太遠了……」

——夏洛克想出的手法有點像是有線連接，將緋彈，也就是色金本身與人體進行物理性連接，藉此獲得力量。如果用手機比喻，緋彈就是連上緋緋色金魔力網路用的SIM卡，同時也是物理性的魔力塊——相當於電池。

相對地，莫里亞蒂想出的方法較為先進，是透過無線連接從瑠瑠色金接收力量。連上瑠瑠色金網路所需的ＳＩＭ卡只有寫進基因中的軟體程式——也就是虛擬ＳＩＭ。就連色金的魔力也能隔空接收，等於是無線供電。

然而，尼莫說她現在無法進行那個『通信』、『收訊』。

其中的理由……即便是身為外行人的我也多少可以理解。

能夠連上『一即是全，全即是一』的色金網路的使用者——如果是將那個『一』放在體內透過有線方式連接，就能隨時隨地使用色金全部的力量。但如果是體內沒有色金的無線連接手法，當使用者遠離色金的時候就會無法連上色金網路。不只這樣，甚至連無線充電都辦不到。

換言之，尼莫她——在這座無人島上接收不到訊號，電池又耗光而無法使用了。就跟我那支夏普手機一樣。

無論擁有多先進的功能，多強勁的性能……也什麼都做不到了。

聽到從尼莫口中說出這項事實之後——我感受到自己心中有種希望破滅的衝擊。

然而……同時也在心中某個角落感受到那個希望本來就很渺小的事情。

其實我隱隱約約就察覺出來了。尼莫自從來到這座島之後，連用魔術點個火都做不到，中了毒也沒辦法自我治療，被猛虎威脅到性命也束手無策……所以我就猜想到她大概永遠都是什麼也做不到吧。

「其實……來到這島上的第二晚，我就已經知道這件事了。那天晚上，我在絕望之中——把槍口抵在自己頭上，扣下了扳機……」

尼莫回想起當時的絕望——

把手背放到眼睛上，紅著臉向我描述。

「然而大概是浸泡在海水中太久了，子彈沒有點著。於是我檢查了一下手槍，結果它竟朝著別的方向走火了。那時候我騙你說，是我射鳥沒有射中……」

第二天晚上的那個槍聲——果然是這樣啊。我那時候就覺得她居然連在睡覺的鳥都沒射到，聽起來有點奇怪了……

尼莫抬頭望著講不出話的我，擦拭掉自己的淚水。

「後來我看到你那樣堅強地又是生火又得到糧食的樣子，想說搞不好你能夠找到什麼從這裡脫逃的方法。可是颱風那天，我見到你被大海擊敗回來的模樣……便領悟到我們已經沒有希望了。你差點要喪命的那時候，我想到自己可能會變成孤零零一個人……頓時從心底感受到一股恐懼。金次，拜託你不要再丟下我離開了。然後……」

尼莫如此告訴我後……

「——娶我為妻，永遠在這裡生活吧——」

對我……求婚了。

她剛才那句『結婚會場』的發言，原來是打算在這裡舉辦一場絕望婚禮的意思嗎？

是打算一輩子住在這座島上的——

象徵覺悟的發言嗎？

「在這島上只有一個女人，一個男人。我只有你，你也只有我。所以只能這樣，這是宿命……教授的預知果然是絕對的。我已經做好覺悟了。來吧，遠山金次。」

尼莫從我身體下抱住我。那發言與行動的意義——就算是我也多多少少透過本能理解了。

在那本能的驅使下，某種像是自暴自棄的感情湧上心頭。

面對這股絕望……我只能與尼莫互相慰藉。只能藉由在這島上一起活下去的方式，掩蓋心中產生的絕望。像這樣其實不應該領悟的想法，我全都領悟了。

從剛才覆蓋在尼莫身上的時候開始，我的身體中心、中央就不斷傳來吵人的脈動聲。

失去壓抑理由的爆發模式血流，開始流遍全身。

我就這樣——與可愛又高傲的尼莫——

（……嗚……！）

這時，我切換為爆發模式的腦中——

——靈光一閃。

為了我們兩個人，想到了某種事情。

我在這島上見過的森羅萬象，在腦內陸續連接在一起。最後連出來的一條線，通往了某個答案。

那是──

「遠山金次，那天晚上你要求我說的話，我現在就講給你聽……我願意成為你的東西。畢竟我只有你了。我的……『主人』……」

尼莫閉上含淚的眼眸，彷彿要把自己交給我似地放鬆全身力氣。

看到那樣如電影情節般美麗，惹人憐愛的動作……我露出苦笑，並抓起尼莫小小的手。

然後將我一直放在口袋裡的某個東西握到她手中，就是很久之前我發現的那塊青瑪瑙的碎片。尼莫頓時一臉呆滯地看向那顆據說可以『改變人生流向』的小小寶石──

「……好、好漂亮……原來你還找到了這種東西呀。雖然要做成結婚戒指有點太大顆，不過這回答真是太棒了，金次。」

她說著，開心抱住我。

然後將她的嘴巴湊近我耳朵，非常非常害羞地……用小小的聲音……

「……不過，小孩子只能生到這座島的資源能夠養活的人數喔。不能像你之前說過的生十人、二十人，那樣我身體肯定撐不住……」

還跟我講出了這樣的話。哈哈，也太心急了吧。

「不是那樣，尼莫。那是這座島的**伴手禮**。」

我說著，讓尼莫躺在茉莉花的花圃上，自己則是站起身子。

然後——抬起爆發模式下的眼睛，望向東北山岳——「最終領域」的方向。

「伴……伴手禮？金次，那是什麼意思？」

「——尼莫，妳說『因為只有我所以跟我在一起』是不對的。我個人希望妳是經過選擇之後才跟我說『只有我』啊。」

我露出溫柔的笑臉轉回身，跪到坐起上半身的尼莫旁邊。

「好啦，就讓我們一起來做美妙的事情吧。」

我有點調戲對方似的，伸手摸她水藍色的雙馬尾——這美麗到教人痴迷的顏色，應該是她使用瑠瑠色金的力量所造成的影響吧——並且把臉靠近她——

結果尼莫頓時滿臉通紅，「啪！」一聲把我的手連同自己的馬尾一起拍開。

「你、你打算不跟我結婚，只做那種事情嗎！這男人怎麼如此過分……！就算這地方沒有所謂的社會，至少也給我遵守身為人類的最後一道底線呀！」

——她就像小狗汪汪吠叫似的，對我生氣了。總算，對我生氣了。

沒錯。聽話順從的妳確實很可愛，老實說我也對那樣的妳感到如痴如醉。

可是在形象上，果然還是有點不對啊。

妳果然還是我的敵人。

男人與女人，Enable與Disenable，永遠互相較勁下去。

這樣的關係，妳不覺得也很性感嗎？

……等等，我這是在學茉斬講過的話吧。

「我再說一次。讓我們，一起來做美妙的事情吧。」

我說著，站起身子——再度抬頭望向山岳。

尼莫這才總算聽出我**話中有話**——

「什麼、事情……」

聽到她如此詢問，我也決定不再繼續捉弄她，而老實回答：

「——從這座島脫逃出去。」

說出這樣一句將尼莫斷定為不可能的事情推翻為可能的發言。

在太陽照耀下的屋子前……爆發模式的我根本不需要拿參考書來描，靠記憶就畫出了蘇門答臘島西岸近海的精密地圖。

原本做好覺悟要在島上定居的尼莫，對於求婚之後的這段超展開是驚訝得合不攏嘴呢。

不過她對於爆發模式的我講出的『脫逃』關鍵詞彙，似乎還是很感興趣的樣子。

「我們一直認為這片海無法渡過去，那是錯的。這片海是可以渡過去的。所以我們要找的不是連存不存在都不曉得的鄰近島嶼，而是要直接渡海到肯定有人居住的蘇門答臘島。」

我在海圖上畫出航海路線後……

「等等。這座島周圍的海流是朝內流進來的，你說要怎麼抵抗海流渡海出去？」

尼莫抬起頭，提出了這樣當然會感到在意的問題點。不過我抬起笑臉……

「這裡的近海，也就是赤道附近的海面有赤道逆流通過，而那個海流的方向會隨著季節改變。雖然那時候沒辦法出去，但現在剛好是流向改變的時候，所以肯定可以渡海。」

「為什麼你會知道這種事？」

「因為小金次、蘭迪斯——還有老虎啊。」

「……老虎？」

「這些動物們都是從其他地方渡海到這座島上來的。畢竟在這麼小的一座孤島上不可能會自然產生什麼猴子或狗。小金次跟蘭迪斯都是從更大的陸地——恐怕就是從蘇門答臘島乘著海流漂過一座又一座島，最後來到這座島上，然後當海流隨著季節改變之後又回去蘇門答臘島。牠們是利用這種赤道逆流的變化進行『遷徙』的動物，就跟候鳥一樣。這並不是什麼稀奇的事情。在日本也有動物會利用隨季節改變的海流巡迴糧食豐富的土地——例如在瀨戶內海各島嶼以及四國之間遷徙的野豬，還有在西南諸島與九州之間遷徙的鹿。」

對於自己這段假說，我又附加上可以當成論據的事例：

「那隻蘇門答臘虎就是隨著像那樣的遷徙動物群，只有在這個季節才會把這座島當成地盤的老虎。但是牠發現這座島上有人類——也就是我們留下的痕跡，因警戒心與焦躁感導致沒辦法好好狩獵，最後實在肚子太餓，就跑來攻擊我們。但結果卻落敗……**消失到海的另一頭去了**。」

「海……這麼說來，那隻老虎沒有回來呀。也沒發現牠的屍體漂上岸……」

聽到我刻意強調的最後一句話，尼莫小聲呢喃——看來她也注意到那隻老虎沒有隨著海流漂回尼莫海灘的事情了。

明明不管那隻老虎是活著還是死了，漂流在這座島近海的所有東西，都應該會被有如渦流般的海流力量沖到這塊南岸海灘上才對。

「照那隻老虎的體型大小，應該一個禮拜就會把這座島上的動物都吃光。牠之所以之前都沒來過，是因為要是把動物都吃光後會被海流阻擋，而回不去牠本來居住的土地導致餓死的關係。可是牠現在卻來了，又回去了——代表現在有海流可以從這裡回去蘇門答臘島的意思。」

「蘇門答臘島……印尼的四大島之一呀……！」

聽到這個不但是有人島，甚至還有棉蘭、巴東、巨港等都市存在的島嶼名字，尼莫頓時眼神發亮，接著立刻露出認真的表情，用手指確認起我畫的海圖。

身穿海軍服的尼莫——剛漂流到這裡的時候很快就做到遠比我精密的方位測量，可見她的航海知識應該不淺。於是我指著海圖尋求尼莫的建議：

「根據妳之前測量出來的經緯度來計算，要去蘇門答臘島應該是往東北一百公里是最短距離。然而那樣會與赤道逆流的方向相反，所以最好是往東或東南的航路。」

「既然這樣——就以幾乎位於這座島嶼正東方一四〇公里處、蘇門答臘島西岸的都市——前荷蘭領地的明古魯為目的地吧。從那裡再主要利用陸路，兩天就能到雅加達了。」

……雅加達！太好了，從那裡就有飛機可以回日本。

這下我的回國路徑總算連接起來啦。

「可是金次，我們現在沒辦法製作大塊的布——也就是沒辦法做帆，所以必須靠划槳。那速度比走路還慢，連兩節都不到……時速頂多三公里左右。而且我們沒辦法精密測量變化複雜的海流，又可能會被風吹離航線。那樣一來航行距離就會比預測的還要長，航海日數也會增加。至少需要五天份，最好是十天份的水，六十份的糧食——再加上我們兩人的體重，總重量少說也有兩百五十公斤。如此大的排水量，你要怎麼製造浮力？」

尼莫心中應該還有另一個疑問才對——不過畢竟她很聰明，所以對那個疑問的自問自答想必也會成為對現在這個疑問的回答吧。

因此已經猜出尼莫後續發言的我閉著嘴巴，默默等她繼續講下去。

「——不只是這樣。這片天空和海洋都是瞬息萬變又凶猛恐怖。你之前也差點因此喪命所以應該很清楚，要是遇上壞天氣，竹筏只會化為海中的碎屑。靠這座島上的木材，沒有辦法造出能夠撐過這片洶湧大海的船隻。無論如何都需要鋼鐵的——」

尼莫講到這邊，當場吞了一口氣……

接著睜大眼睛，望向我剛才抬頭遙望的那座山。

也就是「最終領域」，東北山岳的方向。

「——正確答案，尼莫。我們把零式小型水偵改造成船。」

多半的水上飛機為了能在水面上像溜冰一樣滑行起降，會裝有稱為「浮筒」的船型腳部。

零式小型水偵的雙浮筒是金屬製，左右之間有兩根支柱互相連接。只要連同那兩根支柱一起從機體上拆下來，就能做成相當高檔的大型雙體划艇。而且這浮筒本來就製作得能夠承受強勁的著水力道，所以就算遇上多強的海浪應該也沒問題才對。

我讓飛機掛在大樹上，仔細檢查了一下浮筒——讓人驚訝的是，這金屬製的浮筒似乎原本防水、防鏽處理就做得很徹底，即使戰爭結束後六十五年也幾乎還保有氣密性。能找到的破洞，頂多只有大概是被美軍機打出來的五處彈痕而已。

浮筒內部似乎為了預防浸水範圍擴散而被區隔為七塊空間，然後浮筒底部沿著那些空間有微微外凸，使淡灰色的塗料剝落腐蝕。我想這應該是因為早晚溫差導致長年反覆些微的膨脹與收縮而造成的吧。

我和尼莫首先讓浮筒就這樣吊在半空中……用我漂流到島上第二天發現的橡膠樹採來的天然橡膠，修補浮筒的彈痕與腐蝕部分。

接著用墨丘利變成的工具，把為了能收納到潛水艇中而本來就沒有焊死的機體底部支柱拆開來。然後花上兩天的時間，像古代埃及人一樣利用滾木小心翼翼搬運浮筒……到大島東側的沙灘後，讓它浮到海上。

到這邊後，再靠我們釣魚用的獨木舟拖引到尼莫海灘。

就這樣，鋼鐵製的雙體船被拖上我們屋子附近的海灘之後，隔天早上——

我從腐蝕的修補位置抓出第三氣密區的範圍，用變成像是大型開罐器的墨丘利在那頂部開洞。雖然深度只有站在船底會讓上半身凸出來的程度，想躺下來也必須屈膝抱腿，不過這就是船艙空間的入口了。

「——之前我的竹筏是在遠處的海上，被高得像大樓一樣的巨浪吞沒而沖壞的。雖然這個船體應該不會輕易沉沒，但支柱搞不好會折斷。為了保持平衡，我和妳必須分別坐在左右兩邊的浮筒，體重差距也會依照把水和糧食分散裝載來填補。所以萬一左右解體，在各種意義上都會很不妙。」

「那樣我們會被拆散呀，金次，而且左右浮筒如果分開，應該會很容易翻覆。」

在露出雙馬尾的軍帽底下一臉緊張的尼莫如此說道後……

「不過那麼誇張的巨浪很少會遇上，並不會接連而來。只要像衝浪一樣沿著海浪形成的圓管內側行進，撐過一、兩波，就能減輕傷害。為了辦到這點，我們需要能夠暫時加速的推進裝置。」

「裝置……那種玩意要怎麼做？」

尼莫一邊用她已經徹底習慣的筷子製作著干貝一邊這麼問我，於是……

「像這樣的玩具，妳小時候沒做過嗎？」

我說著，將爆發模式時想到點子而畫在筆記本上的圖拿給她看。

那是可以利用橡皮動力沿軸心旋轉的簡易螺旋槳設計圖。

「在左右兩邊的浮筒之間裝上一根從零式小型水偵的機翼骨架拆下來做成的轉軸，然後再做個大橡皮圈裝在上面當成動力。如果只需要加速個一分鐘左右，肯定沒問題。」

就這樣，我和尼莫開始著手製作讓這艘雙體船能撐過巨浪用的加速螺旋槳。槳片由尼莫靠墨丘利變成的槌子加工魚鷹最後的破片，巨大橡皮圈則是由我把生橡膠流入長竹筒中做成。扭轉橡皮圈用的曲柄也是我們兩人合作，而墨丘利似乎也不希望一輩子都留在這島上的樣子，直到最後都很努力幫忙——

從尼莫那場求婚後過了五天，我們脫逃用的船建造出來了。

船名就根據它本來的名字——取名為「零式」。

從船底到上甲板全部都是鋼鐵製，雖然顏色是帝國海軍飛機色，不過外型就像兩個膠囊並列，帶有近未來的感覺。中央的螺旋槳根據在淺灘上試用的結果，產生的速度甚至會讓船頭像馬達快艇一樣往上浮起來，而且持續時間約兩分三十秒，比原本期待的還要長呢。

零式完成後的隔天，我們便把飲用水與糧食裝到船上。

將烤過的麵包樹果實用椰子樹液凝固做成的高營養穀物棒、切片放在太陽下晒乾做成的香蕉片、候鳥蛋做成的燻蛋、貝類與魚類的乾貨……足夠整整十天份的熱量。

水則是在左右浮筒的第二、第四氣密區挖洞裝進去，再用橡皮栓封起來。椰子殼做成的水壺、為防下雨用的傘、裝滿竹筒的石芝珊瑚防晒油，還有用零式小型水偵的供油馬達內藏的永久磁鐵做成的指南針等等東西也都裝到船上──

接著我和尼莫經過討論，決定明天早上出航了。

這天晚上……我站在讓我乘坐的右側浮筒，以曲柄轉動螺旋槳的橡皮圈，讓同樣是從零式小型水偵上拆來的防逆轉棘輪發出「喀喀喀」的聲響。

接著抬頭仰望夜空──雖然這樣講有點本末倒置，不過滿天的星空簡直就像在觀賞天象儀一樣。宛如將寶石撒在天上般，好漂亮。無論我們明天出海後是生是死──這都是我在這座島上欣賞到的最後一次星空。

就在這時……

「Bonsoir（晚上好），金次。你聽到可別驚訝，我烤了蛋糕來啦。」

身穿軍服的尼莫從屋子的庭院走過來。

「蛋糕？妳在跟我開什麼玩笑……呃、哇喔……！還真的勒！」

尼莫居然真的端來一塊用鳥蛋、薯粉、野莓與蜂蜜做成的蛋糕，讓我當場驚訝得腳都軟了。

這麼說來，尼莫在向我求婚的幾天前開始，就一點一點在存積甜點類的食材。從她有點臉紅地對我苦笑的模樣看起來，她大概原本是預定要做結婚蛋糕吧。雖然事到如今已不曉得真相如何就是了。

「金次，一起來吃吧。我們兩人都要在出發前好好補充一下體力呀。」

聽到尼莫那樣說，於是我也跟她一起背靠著零式坐到沙灘上。然而在位置上我選錯了，竟然坐到下風處。尼莫充滿女孩子味的秀髮香氣撲鼻而來，光這樣就讓我血流有點加速了。畢竟這地方在海潮聲與星空的圍繞下，本來就是個浪漫又夢幻的場所啊。

不過好險，我吃了一口尼莫切給我的半圓形蛋糕後，注意力當場就被在島上難得可以吃到甜點的感動給吸引走了。

我和尼莫就這樣並肩坐著，慢慢地、慢慢地享受眼前的蛋糕。

「好……好甜呦……」

尼莫托著臉頰露出融化般陶醉的表情……啊啊受不了……也太可愛了……

「是、是啊。畢竟這裡面有加蜂蜜，營養價值應該比美軍的K口糧還要高吧。」

對於女生應該最不會高興的方式如此稱讚的我，尼莫也瞇起海藍色的眼睛笑了。

……這恐怕是我們最後一次可以這樣和睦相處吧。

我和尼莫在這座島上為了生存而互相合作。

但是只要離了島，我們之間應該又會回到敵對立場。

在外面的世界有所謂的社會關係，而我和尼莫各自的夥伴們正在互相爭鬥。

這樣一想，總覺得莫名寂寞起來……尼莫大概也感受到同樣的寂寞吧，她露出似乎希望我在最後的最後對她做些什麼的眼神，抬頭望向我。

我也低頭望著那樣的她，兩人近距離並坐在一起──

好一段時間四目相望。

「……」

尼莫什麼話也不說。

耳朵能聽到的，只有在這座島上一直都能聽到的平靜海浪聲，以及椰子樹葉的沙沙聲。

「……」

用琉璃色的眼眸不斷注視著我的尼莫，好像在等待我做出什麼行動。

然而不是處於爆發模式的我根本不曉得她等待的是什麼……

「……尼莫……妳回去之後第一件事想做什麼？」

結果只能說出這樣一個無趣的話題。

「……我想用肥皂跟洗髮精好好把全身洗乾淨。你又想做什麼？」

尼莫大概也明白我就是這個樣子，而好像放棄什麼似地輕輕微笑，然後不以為意地如此回應我。用一點也不合她嬌小身體的成熟表情。

「我想喝杯咖啡。啊～不過這麼久沒喝，搞不好喝了會暈呢。」

聽到我這麼說……尼莫「呵呵」地發出很像女孩子的笑聲。

對於自己身為男人卻對身為女人的尼莫什麼也做不到的狀況，我頓時感到有點丟臉……

於是我在沙灘上站起身子。為了一如往常地背對所謂「女性」的存在，繼續逃避下去。

然後剁下一小塊蛋糕，分給在零式右邊船頭的小金次。

「小金次，我和你也要就此告別啦。一直以來謝謝你……呃、哇喔！」

我又忍不住再次驚訝得腳軟跌坐到沙灘上──因為從小金次背後出現了另一隻比牠小一點的不同色小金次，以及兩隻更小的小小金次。

看來是同種猴子的母猴與小猴。小金次，沒想到原來你是兩個孩子的爸啊？

不過牠既然會帶家人一起來打招呼……大概是看著我和尼莫最近在造船，而明白告別的日子近了吧。真是聰明的傢伙。

畢竟我應該不會再到這座島來，所以這是我們終生的道別了。你要保重啊，小金次。

尼莫見到我和小金次的樣子，於是自己也盡情摸了蘭迪斯一陣後將牠放回山中……

「──遠山金次，我在這座島上明白了一件事。雖然之前我講是假設……但其實我抱有相當大的確信。」

她說著，用一臉溫和的表情轉向我。在這片過去和我激烈交手過的沙灘上。

「在這座島上的期間，我和你過得很和平。或許應該說是『大致上還算和平』，不過……至少沒有發生過我們各自平常總會經驗到的那種大規模戰鬥或妨礙行動。」

「不可能會發生啊，畢竟這裡是無人島。」

「不是那樣。我感受到的是，Disenable與Enable——身為兩極端的我和你一旦在一起，那力量就會形成均衡，互相抵消。造成的結果就是我們兩人之間安穩的日子。教授的預言中也提過的那個現象，在這座孤島上獲得確認了。」

這麼說來……以前在羅馬，古蘭督卡提過尼莫想要收我為良人之類的話。搞不好那是因為尼莫也跟我一樣，內心對安穩的生活抱有憧憬的關係吧。

然而，那是我們都得不到手的東西。

不管多麼憧憬，都得不到手——無論是誰都會有這樣的東西。

內心渴望得無法自拔，卻有如水與油般無法與自己相容的東西。總是與自己錯身而過，連如何伸手觸摸都不知道，即使經過眼前也只能目送離開的東西。

諸如愛情或友情、健康、運氣或美貌、才能或智慧……而對我們來說，那就是和平與安穩。

這些東西對於已經擁有的人來說，或許是理所當然而不覺得有什麼稀奇吧。但是對於得不到手的人來說，是渴望到抓狂的程度。因為那種人根本不曉得那是怎樣的東西——而會過度美化、神格化，永遠永遠地冀望下去。

——不過這就是人啊。

這個世界實在太大，如果想得到一切，人的一生也太短暫了。即便獲得了一、兩樣東西，也只會是孤獨的國王、薄命的美人、想要頭髮的富豪、沒有學識的武偵……

世界上到處都是像這樣的人。這就是人類的常態。有所缺陷才是理所當然的。

因此在某種意義上，我們也算是普通人。能不能這樣就好？尼莫，我並不是對妳的假設沒有興趣，只是我希望自己是個普通人，也認為自己可以是個普通人——

「……」

「如果想要過得安穩，金次——你需要我，我也需要你。所以說……那個……」

面對用沉默當作回應的我，尼莫講到這邊就講不下去……

把視線從我身上別開，抬頭望向宛如把花束散開似的星空。

有話想說，可是不能說——她彷彿在這樣告誡自己。

我知道妳想說什麼，尼莫。其實那念頭也有稍微閃過我的腦海。

把這艘船毀掉……將一切都拋開，在這座美麗的島嶼上兩人安穩地活下去……

對於那樣的幻想——就此告別吧。

因為那是我們無法相容、無法獲得的東西。

就像妳以前說過的，這段日子只是暫時休戰。是在命運的捉弄下總是不斷戰鬥的我們，偶然來到同個場所獲得的休假——像度假一樣的東西。

而世界上沒有人可以一輩子度假。即使內心再怎麼渴望。

「明天就要出航了，差不多該睡啦。蛋糕很好吃喔。」

我如此結束交談後——

「就這麼辦。在這島上的日子，其實比想像中的要忙碌呀。根本沒什麼時間。

我……真希望有更多時間可以跟你交談呢。」

尼莫自嘲似地露出苦笑，重新把臉朝向我……

「……不，缺乏的應該不是時間，是勇氣吧。」

對於她這樣釋出善意，我……

在這個最後的夜晚，最後的最後，不禁有種必須為她做些什麼的心情。

一方面也是為了回報在這座島上一直與我互助合作的尼莫。

然而男人對於女人應該做的事情究竟是什麼，我果然還是不知道。因此……

我伸出手……輕輕撫摸尼莫靠近我的頭。

「呀……」

對於我隔著軍帽，在馬尾與馬尾之間摸來摸去的手——尼莫頓時臉紅並用手壓住，然後握住我的手，移到自己臉頰邊。

接著用有點怨恨的眼神瞥向零式。

「……真過分的男人呢。讓我有了那個意思……卻用這樣的方式拒絕之後，現在又對我這麼溫柔。這下我也不難理解為什麼全世界有那麼多女性對你如此著迷了。」

她說著，彷彿此時此刻真的是我們最後一瞬間似地——把身體緊靠過來……抱住了我。

「金次……你願不願意到N來？」

將臉頰貼在我胸膛上的尼莫……用至今最真誠的心情……如此邀請我。

可是——

抱歉，尼莫。

乘這艘船回去之後，我就是日本的武偵。是法律守護者的一員，是義之一族的一員。

而妳是N的尼莫提督，是企圖為世界帶來超自然與倒退過去的武力革命組織的重要人物。

無論我們彼此有多契合，離開這座島之後都無法在一起。

因此——我盡可能用溫柔的聲音，但是很明確地……

「抱歉，那種事情我辦不到。」

這樣回答她了。

尼莫大概也早就預料到這個答案，很快便切換心情，抬起頭來。

回到以前的她那樣，有點嚴肅的恐怖表情。

「這樣呀！這樣呀！你這傢伙——到了雅加達之後，隨便你要滾去哪裡就去哪裡啦！」

相對於嘴上生氣的發言，尼莫接著踮起腳尖——

——親吻我了。

在三百六十度的星空下——

互相把嘴巴都塞住的兩人不再發出聲音，島中再度只剩下海浪與椰子葉的聲音。

我雖然看不到尼莫的臉，但就算不看——我也知道，她在哭。

尼莫接著轉身背對我——彷彿要回到過去似地把軍帽重新戴好，露出軍人般的表情再轉回來。一如過去，從軍帽的帽簷下抬起眼睛瞪向我。

然後——

「遠山金次，有句話我忘了說。」

「什麼話？」

不過在最後……

「——高認考試，你加油吧。」

她還是這樣對我微笑了。

就好像在可能與不可能間來來往往的我們一樣，那是一張讓人搞不清楚是以前的尼莫還是現在的尼莫，充滿神祕感的——很符合她特性的笑臉。

Go For The NEXT!!! 依然芳香美麗

出航日的早上，我比平常更早就醒了過來。

尼莫大概也是一樣吧。我透過竹子地板的縫隙望向二樓……沒看到她的身影。

（跟這間小屋也要告別啦。）

我一邊回想著和尼莫合作搭建小屋的事情，一邊背起包包。當成柱子的椰子樹、留在屋內的貝殼盤子、竹子釣竿、打火石。從小屋走出磚塊圍牆外面，就能看到一片象牙色的沙灘，以前徘徊過的迷彩色熱帶雨林，還有在雨林深處隱約可以看到色彩繽紛的鳥類發出的啼叫聲。今後這片森林肯定還是會永遠在這裡吧。

清涼舒適的早晨海風輕拂我的身體。吹著這個風的，是沒有參雜任何一點汙染物質，放眼望去都是一片蔚藍的天空。

從海灘往西眺望，可以看到以前我居住過，在颱風那天用洞穴保護過我性命的那座充滿回憶的小島。雖然現在因為漲潮而被海水隔開無法過去，不過和它也是就此告別了。

啊啊……以前看到的一切都好教人懷念。明明我一直巴不得可以快點離開這座無人島，但是真的到了要離開的時候──卻莫名有種再多住個兩、三天也好的心情呢。

（話說回來，尼莫跑哪去了……？沖澡嗎？）

正當我像個阿拉伯人一樣用纖維容易開岔的小樹枝刷著牙，並望著漸漸升出海面的朝陽時……

（……嗯……？）

我立刻發現了異狀。

太陽……看起來比平常還要大。

不，那種事情是不可能的。但我看起來就是那樣。

金色的太陽異常地增加著光輝，看起來幾乎增強為兩倍。到底是怎麼回事──

就在我忍不住讓手中的小樹枝牙刷掉下去的瞬間……

──鏘！鏘！──

「……嗚……！」

讓人難以置信地，忽然有利刃從背後架到我的脖子上……！

──是刀。不是尼莫的劍。

刀身很短，又薄又寬。形狀有點像菜刀，但前端的弧度很適合回拉切砍或突刺。

雖然是我沒見過的樣式，不過很明顯是武器。表面還有像大麗菊與荊棘植物葉片似的刻紋，在刺入肉體的時候也能達到放血效果。

利刃左右各一把，像剪刀一樣抵在我的左右頸動脈上。

既然對方沒有立刻殺掉我，應該就是叫我「別亂動」的意思。因此我也沒辦法轉頭確認——但究竟是什麼人啊……！

對方似乎原本是躲在磚塊圍牆後面，故意等我望向朝陽的瞬間從背後出手的。而一如對方的目的，我這下看不到影了。不過氣息——有兩個，對方有兩人。

雖然一方面是我自己太大意——但對方那兩人也真的像空氣一樣，讓我完全沒察覺。兩把刀是同時架到我脖子上，時機同步到就算一個人也很難辦到的程度。而且刀鋒就像被固定住一樣，動也不動。可見這兩人都是實力高超的劍客，默契也非常好。從刀的角度可以知道對方的手臂位置，再從手臂位置可以推測出這兩人身高約一百五十公分，比尼莫高。

——簡直不敢相信，這騙人的吧？

別說是小屋了，連煮飯的煙都沒看過一次的這座島上——竟然會有除了我和尼莫以外的**人類**嗎？

不，不對。我在島上生活而變得敏銳的本能注意到異常感。在我背後的這兩個人——雖然是人類，但又不是人類。我有這樣的感覺。

可是跟玉藻、猴、弗拉德或古蘭督卡乂都不一樣。是我沒接觸過的某種存在。

「……」

「……」

那兩人完全不講話。一方吸氣的時候另一方就會吐氣，使得連呼吸的氣流都不明顯，讓存在感稀薄到極限。

我的視線被迫固定朝著太陽升起的大海方向——結果更加讓我驚訝的是……

「……！」

我看到在漲潮的海岸線有一艘船。不是我們那艘雙體船，而是木造的帆船停在淺灘上。

船帆已經捲起收好，桅杆只有一根。感覺有如中世紀北歐柯克船的縮小版，像是一艘遊艇的小船。

船尾處沒有船樓，取而代之的是隨風擺盪的黑色三角旗。上面拔染的符號是——

（……「N」……！）

鑰匙圖案組合而成的「N」一個文字。

跟尼莫軍帽上的帽徽一樣，是N的徽章……！

就在我的眼睛忍不住盯著那艘小型船的時候——

有個人物踏著白沙從我旁邊走出來。

「——你是誰？——お前は何者だ？——너 누구니？——Чи хэн бэ？」

大概是因為我的外表而用東亞地區使用人口從多到少的語言，詢問我是誰的這個人物……是個身高稍微比我矮，一頭細絲般金髮隨海風飄盪的美女。肌膚潔白無瑕，細長的大眼睛就跟這裡的海水一樣呈現海藍色。

雖然沒有戴帽子，不過身上穿著跟尼莫同樣的軍服。明明身材苗條，女性的凹凸曲線卻非常明顯。大衣底下的夾克配合那對雄偉的雙峰縫製得非常貼身，左手中指上套有一枚白金色的指環。能夠看到的武裝有右腰一把附有護手的軍刀，以及左腰槍套中一把手槍——從圓形握把的形狀推測，應該是毛瑟C96手槍。

然而比起那些特徵更加讓我注意的……是她的耳朵。

她的兩耳末端明顯往外突出，而且很尖。不是人類的耳朵。

這是……繼哈比鳥之後又出現理子玩的遊戲中會登場的種族了。雖然穿軍服帶手槍的部分跟一般的遊戲設定不太一樣，但這應該是奇幻作品中所謂的「精靈族」吧？但願她只是個喜歡角色扮演的大姊姊而已。

「……」

我究竟是聽得懂什麼語言的人——也就是我究竟是什麼國家的人，似乎對這位精靈來說是很重要的情報。因此我決定保持沉默，靜觀其變。

結果就像在嘲笑我的小聰明似的，女精靈接著從槍套中把黑色的手槍——果然是毛瑟沒錯——給拔了出來。這是要問我身體的意思嗎？還是說只要見到自己長相的人都要當場斃掉，所以根本沒必要問出身分的意思？

「——恩蒂米菈！萜萜蒂，列萜蒂，收起武器！」

尼莫的英文這時從樹林邊、泉水的方向傳來——

下個瞬間，原本架在我脖子上的刀就消失到我背後。精靈女也趕緊把手槍收起來，對跑步趕來的尼莫擺出併攏雙腳立正站好的姿勢。這也是我粗淺的遊戲相關知識中沒見過的例子，這精靈——是個**軍人**啊。

我有點氣憤地轉向背後一看，在那裡是同樣有著長耳朵，還有長毛以及狸貓尾巴的兩名少女。她們身上穿的不是軍服，而是軟皮甲配短布群——一樣有種遊戲感覺的打扮。

畢竟她們應該不是人類，所以我不知道這樣講適不適當，不過一眼就能看出來她們是雙胞胎。那兩人現在都把刀收到腰部背後的鞘中，朝著尼莫立正站好。簡直像是已經看不見我的存在一樣。

「——提督，您平安無事真是太好了。嗅嗅，您看起來有點消瘦……可見您在這樣嚴酷的環境中過得有多麼辛苦呀。您剛才使用英文，請問是為了讓這個男人也能聽懂嗎？」

這次改成用英文如此流暢說道的女精靈——看來是尼莫的部下。

「那種事情妳沒有必要知道。恩蒂米菈，妳雖然聰明，但就是好奇心有點強。這位是我的朋友，除此之外妳不需要知道。我也不許妳記憶。這地方**只有我在**。萜萜蒂、列萜蒂也是一樣，明白了嗎？」

首先對精靈，接著又對兩名狸貓少女如此嚴格命令的尼莫——把軍帽重新戴好，從帽簷底下瞪著那三人。精靈聽完立刻點頭，狸貓少女們也把握拳的雙手舉到胸前，擺出像是被什麼看不見的手銬銬住的動作。大概是表示「了解」的意思吧。

「——首先就讓我表達感謝之意。虧妳們能夠找到我的下落。是怎麼辦到的？」

似乎是沖完澡回來的時候發現這三人的尼莫，對精靈女——恩蒂米菈敬禮後，對方也同樣回禮……

「基於教授的命令，我在尼莫大人的軍帽中裝了GPS紀錄器。雖然是一邊只有五公厘的小零件，然而我未經您的許可——做出這樣彷彿不信任提督的非禮行為，還懇請您原諒。不過因為AGPS、GSM、CDMA、W-CDMA都無法利用的關係，定位精準度極低……讓我們在海上找了許久，導致來遲了。」

從發言聽起來……這精靈女似乎還知道通信方面的知識，也就是擁有科學知識的樣子。在各種意義上都顛覆了我原本的印象啊。

「另外，這個請收下……請您務必別再遺失了。」

恩蒂米菈說著，用塗有紅色指甲油的手將一條項鍊交給尼莫。在那條項鍊的項墜處是一塊玻璃，裡面封印有藍色粉末狀的金屬。

大概是不想讓我或狸貓少女們知道太多的緣故，恩蒂米菈並沒有講太多——不過我知道了，她現在遞給尼莫的東西毫無疑問就是瑠瑠色金的碎片。

「感謝。教授呢？」

尼莫身旁帶著外觀變得像小精靈的墨丘利，將那條項鍊戴到脖子上並如此詢問後……

「他在艦（ship）上等候。」

恩蒂米菈說著，然後像是要為尼莫帶路似地——引導尼莫往那艘像遊艇的帆船走去。當然，她並沒有帶我一起走。

在沙灘上踏出步伐的尼莫……露出不知該如何是好的表情回頭望向我。

彷彿是覺得在這島上的生活雖然辛苦但也如一場幸福的美夢，而現在那場美夢卻因為N唐突來救援而被叫醒似地——應該感到高興，卻又高興不起來的表情。

不過在同伴的帶路下，尼莫還是……往沙灘上走去。

就連向我說聲再見都做不到。

……尼莫。

我和妳在這座島上共存過，但只要從這裡走出一步，我們又必須重新站到敵對立場互相戰鬥。這樣的宿命，我能明白。

妳是與我敵對的N——史上罕見的惡毒組織中的一員，這點我理解。不過我在這座島上也知道了妳並非完全邪惡的存在，同時又帶有普通女孩子的一面。但願妳也同樣對我有了更多的理解——

尼莫。

為了將來有一天能夠再次與妳和睦相處，我現在要完成一項**工作**。

（畢竟我們似乎……除非有一方獲勝，否則就回不去朋友的關係啊……！）

於是我——

確認恩蒂米菈她們圍繞在尼莫身邊走著，全部的人都背對我之後……

「尼莫——！」

我大聲叫喚，並拔腿衝出。狸貓少女們瞬間把頭轉回來，不過還有充分的距離。她們自從尼莫現身之後就只顧著尼莫，直到最後都遵照命令，當作沒看到我的存在，也解除了武裝。

多虧如此——

「——！」

我快速裝進貝瑞塔中發射出去的煙霧彈「啪唰！」一聲——乘著海風展開成一片像巨大紅色螢幕般的煙幕，貼著沙灘地面往前散去。

「金次，別過來……！」

尼莫不小心叫出了我的名字……

「金次……那傢伙嗎……！他就是據說擊敗過瓦爾基麗雅大人的Enable——」

我看到恩蒂米菈一臉驚訝地重新把手槍拔出來。然而她的身影很快便消失在煙幕後面，代表對方也同樣變得看不見我的意思。

我在煙霧中快速奔跑，衝向用零式小型水偵做成的雙體船。用身體衝撞將停在滾木上的船推向海面——並爬上船體，坐進右側的鋼鐵浮筒。

在甲板上有一根可以讓橡皮圈捲到極限的螺旋槳解開固定器發動的手把——而我用力將那手把一拉。

本來是為了躲避巨浪而準備的動力，我就在這邊使用了。畢竟現在可是千載難逢的好機會。

（——**『教授在艦上』**……！）

恩蒂米菈在英文表現上，用了「ship」這個詞。

雖然這單字在日文中只會被翻譯成『船』，不過在英文中所謂的 ship 指的是大型船隻，不會用來形容那艘像遊艇一樣的小型船。

而且——我也親身體驗過，靠那種簡陋的木造船不可能渡過這片洶湧的大海。那艘小船八九不離十，是為了不要讓「ship（艦）」在珊瑚礁上觸礁而派出的登陸用小艇。

換言之，她們還有一艘母艦。

然後我也知道那艘母艦在哪裡。就在正東方，**太陽之中**。

剛才我看起來異常巨大的太陽，肯定是那艘船發光造成的景象。

雖然我不清楚他們有什麼必要讓整艘船發光，但一群奇幻遊戲世界的居民腦袋在想的事情會讓人無法理解也是理所當然的。那光芒本身無害，我就上吧——朝著那道光。在那裡有船，然後在船上——有『教授』啊！

N有所謂的心臟與大腦。尼莫是心臟，莫里亞蒂教授就是大腦。只要將那大腦逮捕摘除，N就等於死亡。組織想必會當場瓦解，讓我們一口氣分出勝負才對。

尼莫。

我和妳的命運，在這座島上交錯。

我們之間或許就像妳剛才說的，已經可以稱作是「朋友」了吧。

朋友是非常難能可貴的存在。現在居然要我失去朋友，跟我說要繼續當朋友是不可能的事情——身為一個化不可能為可能的男人，我可不能接受那樣的想法。

「——上啊……！」

鋼鐵製的轉軸發出「嘎啦嘎啦」的聲響，轉動尼莫用魚鷹破片做成的螺旋槳。零式就像競速快艇一樣，不斷加速。雖然因為尼莫沒有搭乘，讓船體有點朝右側下沉，不過航行本身並不受到影響。

狸貓少女們慌慌張張收錨的小型船，很快就被拋到遙遠的後方了。

我改變轉軸方向讓零式轉彎，朝著太陽在海面上疾馳。這時從船體後方忽然傳來「砰！砰！」像是有人用力踹東西的聲音。從海灘傳來的開槍聲，是恩蒂米菈嗎？

不過零式小型水偵可是軍用機。如果是機槍子彈還沒話講，但區區的手槍子彈從遠距離射來也只會像雨滴一樣被彈開而已。

而且恩蒂米菈，這下妳自己證實了東方那道光芒就是妳們的母艦啦。

上吧，零式。為了我和尼莫的友情。

我要把莫里亞蒂教授——強襲逮捕！

為了持續給予轉軸動力，我從浮筒的船艙中探出上半身，使勁轉動曲柄。

接著零式便——乘上海流了，是離岸流。

而且就在這時吹起了順風。以這個時間來講非常稀奇地，風向剛好轉成了西風。

這或許就是所謂的神風了。

船在加速。朝著東方——朝著太陽！

沖起透明水浪的零式小型水偵，是為了戰鬥而生的軍用機。即使變得只剩殘骸，它依然是對朝著敵艦直衝而去的行為會感到光榮的帝國海軍之子。它的靈魂或許此刻也站在身為子孫的我這邊吧。

「——！……」

鏘鏘鏘！又有中彈聲傳來。不是從那艘帆船，而是從別的方向射來的。

應該是步槍子彈或者狙擊槍子彈。從前方，太陽的方向。

當然，那種程度的子彈根本打不穿零式，不過——N果然在那裡。

零式彷彿遭到敵人開槍後反而更加鬥志高漲似的，朝水平線上的太陽直衝而去。

我也把頭探出甲板到眼睛的高度，看向太陽——但那個推測是船艦的東西依然耀眼得讓我看不清楚。來到環礁外面後我轉回頭，看見在遠方的海灘邊恩蒂米菈她們的船正張帆出航。不過我沒聽到引擎之類的聲音，她們應該是追不上零式了。

「——很好！零式！」

我跟他拚了。現在可是有爺爺夥伴的英靈跟著我啊。

就算是距離一億五千萬公里遠的太陽，我也照樣一直線衝過去。

就在我露出宛如被亡靈附身般的笑臉時，忽然在我眼前——

——咻！——

一道光橫切過去。

在我眼前相當近的距離，有個藍色的——像粒子般的光飛過。

那光芒就像圍繞我公轉的行星般轉了一圈後，在我眼前「啪！」地分裂為兩顆。

第二圈分裂為四顆，然後八顆、十六顆、三十二顆……指數性增加。

（瞬間移動……！）

……尼莫……！

將瑠瑠色金戴到身上而再度能夠使用超超能力的尼莫——想要靠瞬間移動將逼近

「N」那道光的我排除掉。她就算是從遠方也能隔空將物質瞬間移動啊。

「尼莫……為什麼，尼莫……！」

妳認為我贏不過莫里亞蒂——贏不過「教授」嗎？

「尼莫……！」

妳……希望用其他方法做出了斷嗎？對，也就是經由我方的敗北讓N改革了這個世界的方式。

「……！……」

不知不覺間，我被發出藍光的霧氣包覆——

到這地步，我就無從抵抗了。我不是超能力者，只是個普通的人類。

這狀況宛如我與N的戰鬥的縮影。

難道這場戰役的結局也會如此嗎？我們敗北，你們獲勝，然後世界——會回到過去嗎？

「尼莫——！」

我站到甲板上，在一片藍光中，連東西南北都分不清楚——只能放聲大叫。

朝著光芒另一側那座充滿回憶的島嶼，以及無比透明清澈的大海與天空。

有如掉進陷阱般的感覺——之後——

「砰！」的一聲，我從大約兩公尺高的地方摔落到地上。

伴隨「鏘鏘噹噹」的金屬聲響，我一屁股跌坐到的場所……是某種堅硬又平坦的地面。因為我已經習慣像竹子或岩石之類凹凸不平的表面，現在坐到這樣的平面上反而感到有點不適應。

在我旁邊……有一塊呈現彎月形的深綠色金屬板掉落在地上。這想必是當時從我周圍削下來，跟著我一起掉落到這裡的零式碎片吧。我真的從那片大海被跳移了。

緊接而來的，是大量腳步聲、汽車行走聲以及音響喇叭聲。在這片聲音的渦流中，一面閃閃發亮的巨大螢幕正映出穿得花枝招展的男性團體在唱歌跳舞的畫面。

我轉回頭，看到一隻狗……

的、銅像。

——是八公。

「……嗚……」

我搖搖晃晃站起身子，環顧四周，很快就發現了。

這裡是澀谷。

我就在澀谷車站前的交叉路口旁，八公前廣場……

（……東京……）

是尼莫把我送回東京來的。雖然我不懂為什麼要挑在東京的這個地方，但或許她能夠把物質移動到自己在照片上看過的場所之類的吧。

時刻是早上。考慮到時差，看來這次並沒有像上次那樣發生時間錯位的現象。

雖然有個ＯＬ大姊看到我突然從上面掉下來而當場嚇傻，不過她一跟我對上視線就趕緊往東急百貨的方向走掉了。周圍還有許許多多的年輕人、上班族、觀光客等等，但沒有一個人對站起身子的我感到特別在意，也沒有人在跟自己同伴以外的人交談。畢竟在這地方──「人」根本一點都不稀奇。

各種建築物和招牌上可以看到無數島上不存在的優美直線。而在島上除了太陽、月亮與眼眸之外幾乎找不到的正圓形，現在也能從車輪、交通標誌與號誌等等地方大量找到。雖然對於這種事情會感到大驚小怪的人，在這來來往往的人群之中，應該也只有我而已就是了。

因為被送到無人島之前，我把武偵手冊放在大哥家，所以現在就算是緊急狀況也沒辦法免費搭乘電車。我只好從書包底部拿出沾滿沙子的錢包一看，發現鈔票都已經皺成一團……不過硬幣只是沾了海鹽，用手指擦一擦還是可以使用。

於是我用那些硬幣把零式的破片收到ＪＲ車站驗票口附近的大型投幣式寄物櫃

中，然後搭乘銀座線前往新橋。這段距離——約六公里，如果在島上可要花一個小時移動呢。

因為銀座線是從澀谷站發車，所以我坐到了最角落的位子——

在如今對我來說柔軟到有點恐怖的椅子坐墊上，漠然地……或者應該說呆滯地，感受著自己回到了日本，回到了文明社會這件事情。

車廂內的冷氣簡直就像魔法一樣涼。

螢光燈的光芒明顯與自然光或營火的光完全不同。

在車廂角落有個不知是誰掉到地上的百元打火機，可是沒有人會想去撿起來，甚至連注意都不會去注意。我和尼莫在島上為了搶火還差點演變成廝殺局面地說。

三分鐘、五分鐘……我坐著電車，混亂的思緒也漸漸平靜下來。

（……在島上的那段日子……）

——永遠都不會被人知道。

我們居住過的痕跡遲早會被海風侵蝕，被象牙色的沙子掩埋、消失。然後那段日子就會只存在於我和尼莫的心中了。

有如石器時代般的無人島生活……以及被科學與鋼筋水泥包覆的大都市。

我在兩邊之間轉眼來去過，但並不會覺得哪一邊好或不好。

畢竟我既沒有無視於大自然的恐怖而讚美原始生活的感性，也知道這個舒適的現代社會其實莫名充滿壓力與緊張感。在那島上的自然就是那個樣子，而在這座城市中的自然就是這個樣子。我頂多只有這樣的感想。

不過可以確定的是——

這個世界並不會從這樣的文明社會自然退回像島上那樣的生活，就好像老虎經過進化伸長的牙齒不會再縮短一樣。

或許N就是想要做到那種事情，但我認為這個名為「文明」的自然，同樣也不應該人為性地強迫退化。

即使在那之中存在有數不清的缺陷，也應該是透過進化一步一步克服才對。

——在某種意義上，就好像不反抗自然的變化一樣。

我在新橋站的自動販賣機買了一罐咖啡來喝——明明只是微糖，卻讓我覺得甜到喝不完。或許尼莫現在也正被洗髮精的香料氣味給嗆到吧？

我接著搭百合鷗電車從新橋到台場，然後搭東京臨海單軌電車從台場到武偵高中站，再從車站徒步……結束了無人島來回　萬公里的旅途，回到人工浮島第二十區的第四公寓。

至少在視覺上，我差不多恢復文明人的感覺了，不會再為了公用走廊的直線或排氣孔的正圓形感到驚訝。

接著……我拿出被海鹽沾成白色的鑰匙，打開久違的自己家——204號房的大門。

結果……

「……！……」

當面碰上了剛好準備離開我家、身穿T恤配牛仔褲的狐狸女——GⅢ的手下九九藻。為什麼這傢伙會在我家？

把雙眼皮的大眼睛睜得更大的九九藻似乎想說什麼……但思考了好一會後……

「……歡迎回來。」

對我說出了這樣一句話，所以……

「……我回來了。」

在跟這隻狐狸講東講西之前想要先好好休息一下的我如此回應後，走進玄關。

接著我打算先大睡一場而穿過廚房……

「哇啊啊啊啊——哥哥大人！」

「哇啊啊啊啊！哥哥～！」

金天和金女忽然從旁邊撲過來，「砰！啪！」一地抱住我的身體——呃啊！還讓我全身撞到牆上了。這是哪門子的壁咚啦？

從當成午餐的飯糰堆成小山的餐桌邊則是……

「……看，他還活著吧？一百美元交出來。」

「呿！」

大口吃著飯糰的GⅢ從馬許手中收下一張鈔票。

你們這兩個傢伙……因為我失蹤了，就拿我的生死在賭錢嗎？話說那個香菇頭，竟然賭我死了是吧？

「Oh my God！金次你還活著！太好了！豪邁地太好啦！」

「怎麼全身破破爛爛變得好野性呢。我來幫你洗個澡吧♡」

就連豪邁白人亞特拉士與人妖黑人柯林斯也現身了，加上九九藻也取消外出跑了回來。在場這些成員……

是GⅢ一黨為了金天而一起住到這裡來了。畢竟就算從反色金的束縛中獲得解脫，金天依然需要有人保護啊。真是感激不盡。

詳細的說明先放到一邊，或者說我根本連什麼話都沒講就像隻飢餓的老虎般埋頭吃起了白米——也就是飯糰。聽說這好像是亞特拉士握的飯糰，不過總之白飯真是太美味、太好吃啦。我感動到眼淚都流出來了。緋鬼們以前說她們是「米飯成癮」，不過我想我們日本人應該也是一樣吧。白米就是神啊，感激感激。

見到突然回來的我什麼話也不講就吞下了八顆飯糰的樣子，金女、金天、GⅢ&手下們都當場傻眼……而明明現在還是早上，我吃飽之後就感到想睡起來了。

然而現在是在大家面前，基於身為文明人的禮節——在爆睡之前我想先去把身體洗乾淨。

但我如果去洗澡，金女、金天甚至連柯林斯都搞不好會闖進浴室。

因此我直接指名GⅢ「喂，你來幫我刷背」，藉由兩個大男人塞滿小浴室的作戰策略防止其他人入侵。

而這項計畫似乎奏效……

GⅢ拆下他的義肢，很聽話地跟我一起到浴室來幫我刷背了。

「因為老哥你忽然消失，電話聯絡不上，馬許在網路上找也找不到人，所以大家就說你這次會不會真的掛掉啦。九九藻甚至還說什麼『就算是那種男人好歹也是Ⅲ大人的哥哥，來辦場喪禮吧』，然後到百元商店買香回來哩。」

「那渾蛋……」

「不過我有好好罵她一頓，叫她別亂花錢啦。這世上有兩種禮絕對不可能舉辦，就是老哥的畢業典禮跟老哥的喪禮。畢竟老哥就算進學校也會被退學，然後絕對不會死嘛。」

「這渾蛋……」

「嘿嘿！」

「我跟你講清楚，我小學可是有參加過畢業典禮好嗎！雖然初中時因為感冒缺席就是了。」

我本來想說要揍他一頓，但是在我背後的GⅢ——真的非常開心地笑著幫我沖熱水……於是我作罷了。

「話說，老哥你到底是跑哪裡去做了什麼啊？」

「我到南國島嶼稍微度了個假啦。」

「──啥？」

「這講起來會很長，等一下再慢慢跟你說。」

我說著，自己洗起頭髮。然後摸著頭的時候忽然感覺好像要想起什麼事情，呃，我是不是忘記了什麼？頭……跟頭腦有關的事情……到底是什麼？

「哥哥，你的衣服我放在這裡喔。」

這時從浴室外傳來金女的聲音，不過因為現在有GⅢ當我的護衛，所以闖入事件並沒有發生。原來如此，當遇到有女性要住在我家的時候，我只要把GⅢ放在身邊就行啦。可是每天要和弟弟一起洗澡感覺又有點討厭呢。

我洗完澡走出來後，便看到洗衣機上有全套的乾淨衣物。這真是教人開心。我猜愛乾淨的尼莫此刻應該也在N的基地換上了乾淨衣物而心情愉悅吧。

我在進浴室前有姑且把手機插到充電器上……而現在長按一下電源鍵，發現手機居然真的開機了。不愧是夏普。

多到數不清的未讀信件……太麻煩了，等一下再看吧。

我穿上襯衫與內褲後，徹底放心地走出更衣室──

從金女手中接過一杯冰涼的麥茶，並「啪」一聲把手機闔上。結果在島上生活中變得沒感覺的「日期」與「星期」顯示在手機外側的副螢幕上。

──現在是八月四日星期三，上午八點三十分──

「呀哇——————！」

「你、你怎麼啦，哥哥？怎麼突然露出像楳圖一雄畫的漫畫表情……」

「今今今今天，是高認的考試啊！哇啊啊啊這下絕對百分之百完全趕不上啦啦啦啦啦啦！」

這個身經百戰到不論遇上鬼、遇上龍、遇上宇宙人都沒嚇到軟腳過的我，現在卻當場「砰！」一聲癱坐到地板上。然後因為連站起身子的時間都沒有，就在客廳中連滾帶爬，從下方把書桌抽屜一腳踹破，把從裡面掉出來的准考證與鉛筆咬在嘴上繼續連滾帶爬，把丟在走廊的書包連滾帶爬撿起來，把金天「嘿！」一聲幫我丟到行進方向上的防彈夾克與防彈長褲連滾帶爬地穿起來，然後連滾帶爬地穿上鞋子，連滾帶爬地撞上玄關大門，發現不起身就碰不到門把所以還是只好站起身子……

「喂，老哥，你已經要出門啦？不休息一下沒關係嗎？」

對於在背後只穿一條內褲對我這麼說的GⅢ——

我頭也沒回，一邊奔出家門一邊大叫：

「我已經充分休息過啦！」

在美妙的南方島嶼啊！

和無人島不同，東京的時間是分秒必爭。這個時段的首都高速公路每天都會塞車，因此我選擇搭電車。經由台場、新橋回到澀谷，一邊「早知道剛才直接從這裡去考試會場不就好了……！啊，可是這樣沒准考證也不行啊。」地對自己吐槽，一邊轉搭井之頭線趕往明大前站。連平安歸來的餘韻都沒時間感受，就被迫接受文明社會速度至上的復健洗禮了。

臉上表情比之前被蘇門答臘虎襲擊或是被N槍擊的時候還要驚慌的我，總算抵達高認考試會場——明治大學和泉校區第二校舍的時候，第一節的基礎物理測驗早就已經開始了。

不過還是要多虧我連滾帶爬趕緊出門，當我衝進大教室的時候，只是考試開始後十九分鐘。

因為遲到二十分鐘內都還可以參加考試，於是我一邊對只剩三十一分鐘的考試時間感到著急，一邊坐到四十二號……貼有我准考編號貼紙的角落座位。

旁邊坐的是大概在退休之後打算重新學習學問的老爺爺，前面是一位身穿醒目西裝的大哥、臉上有被匕首砍到縫過的疤痕，斜前方則是看起來像藝人的傑尼斯系帥哥。太好啦，全方位都是男性。從我過去參加各種模擬考的統計資料來看，討厭女性的我當周圍座位的女性考生比例越高，分數就會越低啊。

——高認，也就是高中畢業程度認定測驗，是文科省舉辦的公家考試，每年全日本有三萬人以上參加。

報考資格頂多就是年齡要在十六歲以上而已，不會過問來參加的理由。

因為不管什麼身分都能參加的緣故，考試會場中可說是男女老幼各種人物都有。

但——

（到剛才還被人開槍，現在卻坐在這裡考試的……應該也只有我了吧。）

雖然我本來這麼想，不過坐在正前方的這位仁兄看起來似乎是個黑道，所以也不一定吧。

——好啦，升學考試戰爭要開始了。不管覺得多麼突然，都要趕快切換心情啊，金次。

這就是我在經過萌老師、茶常老師與尼莫老師的教導下，將每天念書的成果展現出來的第一場戰役。雖然一開戰就大遲到，讓我背負了不利條件就是了。

我至今在高中又是留級又是退學的，總是節節敗退。不過從這裡開始，我要來場絕地大反攻。首先是這場高認，然後是東大測驗，再來是武裝檢察官選拔測驗，最後調查老爸的消息以及克服對卒——在這個通往生存的、學問與測驗的戰場上。

……基礎物理、現代社會、國文、英文、數學……

除了在高中獲得學分而免除的科目以外，七個科目測驗都平安無事……雖然一開始就上演了大遲到，或許不能說是平安無事啦，但總之都考完之後——

我跟著初中畢業之後就出社會工作的各位、搞出過拒絕上學或遭到退學等問題的各位、從小就在藝能活動方面嶄露頭角而不得不休學的各種考生們一起走出明大和泉校區廣大的校園。

接下來就是等月底的成績通知了。

畢竟高認在升學考試中只像是預選前預選的第一關卡，題目設計也比較簡單。答題的手感我還算有把握，除了因為時間不夠，只好把答案卡最後的部分全部塗『1』的第一節物理考試之外。

因為題目本可以帶回家，一位看起來好像很久沒出過門的蒼白男生看著題目本不斷冒著冷汗。戴著一副超厚眼鏡的微胖女生則是一臉不想再去想到考試的事情似的，邊走邊邊啃著整塊巧克力磚。原本坐我前面座位的那位黑道風男子倒是對結果似乎很有自信的樣子，看起來甚至走路有風呢。

話說……總覺得我在這個隊伍中莫名融入啊。只要和這群從東京各地聚集而來的問題考生們在一起，就會明白像這樣的人不是只有我而已。感覺好像因此得到了勇氣，心境也變得積極樂觀了呢。或許我其實既不適合武偵高中也不適合一般學校，而是比較適合去就讀 Free School 或輔助學校之類的學校（註6）吧？

再加上這個考完試之後的解放感。如果跟現在在場的這些人，我搞不好也能夠像以前武偵高中時朋友很多的傢伙們考試完之後那樣，聊些「你考得怎樣啊～？」的話題喔。

然而……大概就是像這樣解除了緊張感不太好。

註6　兩者皆為日本的特殊非正式學校，通常是給拒絕上學、成績不良或中途退學等問題學生就讀。

當我走出明大校門，穿過夾在國道上方與首都高下方、給人有種封閉感的人行天橋之後——我忽然像貧血一樣感到暈眩起來。

感覺比無人島上還要炎熱的這座柏油與水泥構成的城市，在炎夏的直射陽光下看起來一片黑白。搞不好，不，這肯定是……所謂的**過勞**吧。

一早醒來就被人用刀架住脖子，又坐著自製的船衝到海上，被N槍擊，然後瞬間移動讓周圍環境劇變，接著立刻參加會左右自己人生的重要考試——無論肉體或精神上想必都到極限了。這感覺就像連續參加了好幾場交互進行西洋棋與拳擊的奇妙競賽——西洋棋拳擊一樣啊。

漸漸變得連走路都有點困難的我，不得不把手撐在交通標誌的柱子上稍微休息。

這地方勉強在陰影下，只要在這裡安靜休息一段時間應該就會沒事了。

就這樣，我在悶熱的汽車廢氣中反覆呼吸……多虧自己身體還很年輕，短短兩、三分鐘之後就恢復精神了。還好這裡是安全的都會區。要是在孤島上發生這種狀況，我搞不好就被老虎吃掉啦。

剛才變得黑白的視野也恢復了顏色。

號誌的綠與紅，行道樹的綠，以及——水藍色的……短袖水手服……

還有粉紅色的、雙馬尾……？

「——你還好嗎？臉色很差喔。」

這娃娃聲……！

我睜大眼睛一看，發現在眼前——

是亞莉亞。

穿著雖然防彈面積會變少但比較涼快的短袖夏季防彈制服，用紅紫色的雙眼抬頭看著我。

「亞莉亞……為什麼、妳會在這裡……」

明明很久沒見面，但感覺還有點暈眩的我只能說出這樣沒情趣的話。

「什麼叫為什麼，因為GⅢ說你在東京出沒呀。然後聽說你今天要去參加高認考試，而我剛好也在附近就順便稍微過來看看了。」

雖然亞莉亞嘴上非常刻意強調只是偶然，不過她腋下卻夾著一本大概是打發時間用的槍械雜誌。看來她是特地來見我……一直在這裡等我考完試的吧。

話說，什麼「出沒」啦？我是熊嗎？

「——你考得怎樣？這對你是很重要的一場考試對吧？」

「第一節雖然遲到了，不過其他應該都沒啥問題。」

「什麼遲到……你還是老樣子的笨蛋金次呢。不過哎呀，總之你能夠參加考試就好了。」

亞莉亞說著，眯起她眼角尖銳的眼睛對我一笑——

那表情看起來莫名有種總算安心的感覺。

或許她是聽到誰說我下落不明，而有點為我擔心吧。

因此我一方面也為了表示歉意，這次並沒有想辦法甩掉亞莉亞逃跑，而是和她一起走在路上。武偵高中時代被周圍的人稍微懷疑過兩人的關係，私下被流傳過某種謠言的凹凸拍檔又復活了。

亞莉亞在路上的ＯＫ便利商店買了桃饅之後……

「你最近做了些什麼呀？」

非常簡潔地對我這樣詢問。

如果要我把最近發生過的事情都一一說明會很冗長，而那樣一來諸事繁忙的亞莉亞大人搞不好會像尼莫那樣「太長了！給我簡單扼要回答！」地生氣罵我。於是……

「如果從妳不知道的地方開始講起……首先，哈比鳥出現了。我和茉斬跟瓦爾基麗雅交手了。公司交給中空知然後我辭職了。我其實還有一個妹妹。我到補習班去讀書了。我和駐日美軍的人工天才女以及龍……不對，應該叫飛龍（Wyvern）打了一場。大哥把對方打倒了。尼莫出現了。我把魚鷹擊落了。然後漂流到無人島了。尼莫又出現了。我被Ｎ襲擊了。我回來參加高認考試了。現在就到這邊。」

我一邊折指細數，一邊簡潔說明。可是——

亞莉亞聽到一半就漸漸露出傻眼的表情，到最後……

「Ｏ……ＯＫ，總之你還是老樣子對吧。那種有如前衛舞蹈一樣雜亂無章的生活，就算我詳細聽你說應該也搞不懂意思。雖然出現的人名全部都是女人也教人火大，然後黃金的黃字都沒聽到一個。」

她做出像是把看不見的桌子上一掃而空的動作，似乎放棄詳細理解內容了。

這麼說來，亞莉亞有接到英國女王陛下的命令，要去搜索從英國國庫消失的一百七十二噸……相當於六千億日圓的黃金下落啊。我徹底給忘了。

「呃不，即使是在這樣前衛的生活中，我也沒有忘記要去找黃金喔。抱歉其實我忘記了請您把槍收起來吧。不過……對於妳和梅露愛特懷疑是犯人的『N』，我有更深的理解啦。」

「──聽起來是那樣呢。我從你的講話方式就能知道。比起以前單純的敵視，現在感覺是在稍微理解之後依然選擇對立吧。」

直覺很準的亞莉亞對我這方面的心境似乎也聽出來了，於是──

我把N其實並非完全團結一致，他們是一群超自然存在組成的軍團，企圖讓像他們那樣的超自然存在能蔓延到現代社會，當中有很多像理子玩的遊戲中會出現的怪物，他們想讓世界文明退回過去應該和這些有所關聯等等的事情，都告訴了亞莉亞。關於擊倒亞莉亞的曾祖父──夏洛克的仇人尼莫，我則是盡可能小心描述。

我就期待亞莉亞的直覺與梅露愛特的推理……能夠根據我說的這些事情，分析出什麼關於N的新情報吧。如果還能為發現黃金有所貢獻當然最好，不過那方面我有點沒自信就是了。

我們走到明大前站之後，亞莉亞似乎要從那裡的停車場搭車輛科的島莓駕駛的一輛像迷你車一樣的 Smart Fortwo 到外務省去的樣子。

「金次，反正你現在看起來狀況這麼差——我們就下次再講吧。約好囉。」

「哦哦。」

「又是金天的事情，又是準備考試，又是龍、尼莫、無人島的，你肯定很累了。就好好休息，養精蓄銳吧。」

「能夠那樣當然最好啦，可是照我的慣例——」

「——應該很快又會遇上麻煩事呢。」

亞莉亞露出苦笑，把我要講的話搶走。

畢竟我和這傢伙也認識很久了，她都很清楚啦。

沒錯，反正一定又會發生什麼事情。我早就做好覺悟了，管他是什麼麻煩事我都做給你看。除了克羅梅德爾之外。

「不過，至少無人島和高認就這樣——」

「——事件落幕了，對吧。辛苦你囉。」

連這句臺詞都被她搶走啦。彼此知心也是有好有壞呢。

但是，謝謝妳啦，亞莉亞。

其實我……一直很希望有誰能跟我說一句「辛苦你」啊。

而我很高興那個人就是妳。畢竟妳比任何人都理解我的事情嘛。

後來幾天我雖然過得很忙碌，不過日子熱熱鬧鬧的也還算愉快啦。

當我回到已經蹺掉好幾次課的松丘館，藤木林和勅使川原就「金次哥！見到你回來我真是太開心的啦！」「我也還算開心。」地表示歡迎，而黑色三連星也「這下被茶常點名的次數就會減少啦！」地三人舉手高喊萬歲了。

茶常老師則是在補習班「不要擅自蹺課呀這個廢物！」地用指導棒抽了我好幾下，但我接著為了參加特別補課而戰戰兢兢到老師家打擾時，她卻又「通常缺席了好幾堂課的學生都不會再來的，你卻乖乖回來上課，很棒喔。」地端出特大三明治犒賞我了，而且還穿著一套莫名強調胸部的白蘿莉打扮。

GⅢ一黨依然留在我家吵吵鬧鬧，不過我比起太過安靜的地方，反而是在吵雜的地方會比較讀得下書，所以這點上也還不錯。另外，據說活了三百年的九九藻可以當日本近現代史的活證人，柯林斯對政治經濟很熟，亞特拉士則對生物很了解，因此他們也都教了我很多東西。

多虧如此，我這個夏天就在補習班、茶常老師家與台場的自己家之間來來去去努力讀書——感覺學力好像突飛猛進了。

就這樣到了八月下旬的某個晚上，當我從補習班回到家後……

「哥哥，有個航空郵件好像是要給你的喔。」

穿著武偵高中夏季水手服的金女如此說著，遞給我一個包裹。

那看起來應該不是ＳＤＡ排行榜寄來的詛咒信件，讓我稍微鬆了一口氣，可是這

份國際郵件上卻沒有寫明寄件人。我為了確認是不是什麼炸彈而用手摸了一下……總覺得像布料之類的……然後為了預防萬一，還是拿到陽臺再開封了。

在即使到晚上也還有三十度的悶熱陽臺上，我更在空調室外機吹出的熱風之中打開包裹——忍不住露出苦笑——

包裹裡面裝的是小女孩尺寸的防彈水手服。

就是我在無人島上借給尼莫穿的那套金天的制服。被洗得乾乾淨淨的那套衣服上，還有跟尼莫向我求婚的那片花圃一樣的白色茉莉花押花，以及用法文寫了兩行字的卡片。是尼莫的筆跡。

我以前有聽說人妖黑人柯林斯會讀法文，於是把他叫到陽臺來，將卡片拿給他讀之後……

「唉呦，金次，你真是個壞男人呢，又被敵人的女孩子給愛上了呀。不過我會幫你保密就是了。」

「什、什麼意思啦？」

「真是個懂情趣的女孩子。『名字又如何？那稱為茉莉的花就算換作別的名字，也依然芳香美麗（Ce qui est dans un nom? Ce que nous appelons un jasmin par un autre nom, sentirait aussi doux.）……雖然有改寫一點地方，不過這個——』

柯林斯對拿著押花變得臉紅的我……

「——是『羅密歐與茱麗葉』中的一段喔。」

如此說明。

……尼莫。

我不禁回想起那美麗的水藍色秀髮，那高傲又時而可愛的個性，那凜然的軍服與軍帽，以及——那宛如清新黎明中的大海般呈現琉璃藍色的眼眸。

（雖然感覺有點像套用妳說過的話，不過如果是在別的時代，用別的方式相遇……）

我和妳或許可以成為朋友吧。

不，我們要成為朋友。等到我們或你們有一方獲勝，讓事情做出一個了斷後，我們一定要成為朋友。也許之間會有什麼難過的仇恨，但我們肯定能跨越那些障礙成為朋友的。就好像在那座無人島上一樣。

從我家的陽臺望出去就是東京灣。

在那片大海上我們戰鬥、漂流，在那島上互相理解，生存下來，又別離。

在海上離去的妳，此刻是否也在某片大海上？

若是可以，我希望不要再和妳槍口相向。或許那真的是不可能的事情，不過——

我會再一次，將那個不可能化為可能給妳看的。

到了接近八月底的時候，我帶金天和ＬＯＯ到公園去玩了一下之後回到家……

「——嘿，老哥你回來啦。金一來囉。因為這個家太小，人一多就會很窄，所以我讓部下們都外出了。LOO妳也暫時留在外面，畢竟裡面很窄啊。」

GⅢ在玄關對我如此說道。

「不要一直講很窄很窄啦。」

我忍不住嘟起嘴巴抱怨。不過──

原來大哥來了嗎？話說……嗚嗚……在玄關處除了大哥的黑皮鞋之外，還有一雙原本應該很貴但是被穿得破破爛爛的超大皮鞋，我有印象啊。為什麼那傢伙會來我家？還有一雙很少會有學生乖乖穿的武偵高中指定女鞋。難道我家就只會有不速之客來訪嗎？

我忍著胃痛，與金天一起走進確實很窄的客廳後──

「金次，你失蹤得還真久啊。」

長髮長腿的大哥首先把我的武偵手冊交還給我。

「比起大哥的失蹤算短了吧？」

我接過手冊，收進夾克內的口袋並如此回應。我們真是一對失蹤兄弟 Let's & Go 呢。

然後我雖然一直想假裝沒看到，不過──

「小金！哇、哇、我、我打擾了！」

身穿武偵高中夏季水手服的白雪小姐，一副很端莊模樣地跪坐在那裡啊！

……叮～……我的腦中響起了葬禮時會敲的鈴聲。

這下我家的位置完全被跟蹤狂知道了嘛！但情報洩漏的源頭應該是大哥，所以我也無法生氣就是了，畢竟要是我發飆只會被他狠狠修理一頓。

白雪本人倒是因為只有自己得知我的藏身處，而露出一臉「果然只有自己是可以像家人一樣進到小金家中的特別存在」的開心表情。然後光是見到身為這個家主人的我，就興奮到情緒最高潮！的樣子。

我和這傢伙也是認識很久，已經知道不管我怎麼講、都只會被她莫名其妙解讀成「白雪＝特別存在」的說法……所以我只像隻牛在打嗝似地「哦～」一聲跟她打聲招呼……

接著，我又露出打從心底討厭的表情看向站在陽臺的魁梧男子。

「……」

從鞋子我就知道是他來了。獅堂虎巖，名字讓人搞不清楚是獅子還是老虎，不過本人就像把這兩種猛獸結合起來的男人。光靠臂力就能把大致上的問題都解決掉的金剛力士後代。

在陽臺抽著 Lucky Strike 的獅堂轉頭向我咧嘴一笑，像是「嘿，我來玩囉～」似地舉起他粗獷的手跟我打招呼。那渾蛋。前公安零課的三號，東京地檢特搜部的執行部隊隊長，那樣的肌肉超人到這種東京的偏僻角落怎麼可能只是來玩的啦。

大哥會和那傢伙一起行動，可見事情絕不單純。我可是和平地走在和平的求學之路上的和平主義者，但他們卻打算把戰爭帶到我這裡來啊。我反對戰爭！

「我簡短說明吧。武偵廳逮捕了瓦爾基麗雅後——」

大哥這時從旁邊如此對我說道。

「呃！瓦爾基麗雅還活著嗎？」

我忍不住驚訝得把頭轉過去。

「我不會違反第九條。打倒飛龍時有刻意讓飛龍在滾動時不會把她壓死。」

「那、那還真厲害……」

「而現在那個瓦爾基麗雅被移交到公安七課，與武偵廳協力調查中。最近也找到了一位口譯，是個對神祕學有興趣的女高中生。根據她的說法——」

嗚哇，NG詞彙跑出來了。女高中生。雖然現在這房間裡也有一位啦。

「在N的成員中，瓦爾基麗雅的上司似乎潛伏在日本的某個地方。雖然外觀或能力都不清楚，但據說是個在N的活動積極化之前就已經潛入日本的人物。」

意思是說在日本……有N的諜報員嗎？為什麼會挑在日本？而且既然是白金指環的瓦爾基麗雅的上司，代表還有我們不知道的金指環人物。狀況果然很麻煩啊，該死！

「某個地方，是什麼地方啦？」

「學校，一間高中。目前推測對方是喬裝成一個普通的年輕人。」

「學校……」

「因此從第二學期開始，我們要你潛入某所高中。畢竟在能夠自然喬裝成日本高中生的武偵之中，現在沒有負責任務的SDA排行上位武偵只有你了。」

「我不要。那種工作交給伊藤可鵡韋或原田靜刃去做啦。很抱歉，我現在要讀書——」

「那裡是一間升學學校，你要讀書就到那裡去讀。對方的戰鬥力可能與瓦爾基麗雅同等級。而擁有能夠與之抗衡的戰鬥能力，外觀看起來像十多歲接近二十歲，而且目前又沒有負責任務的女生，據說在前零課跟公安七課中都找不到。所以就由武偵廳來尋找人選了。」

「我就說我現在沒空啊！話說，沒有負責任務的『女生』……？」

「所以才不是找伊藤或原田，而是找你。講到這邊我想起來，為了彌補你不擅長的部分，我們會指派一個女生組成的潛入小隊做你的部下。主要是這位星伽白雪，然後其他成員的名單我放在桌上，你等會過目一下。」

「我更加不要了！」

……居然讓白雪當我搭檔，還有其他幾名女生……！

那根本是像把火藥一桶一桶倒進營火的行為嘛！或是像一邊跳排舞一邊進入地雷區的行為嘛！對自爆按鈕瘋狂連按的行為嘛！

「潛入目標是一所私立學校，紀律嚴格，而且所有學生都要住宿舍。」

「我不要！」

「然後那是一間女校，所以要用你擅長的女裝裝扮潛入。」

「——我不要我不要我不要我不要——————！」

Go For The NEXT!!!!!

後記

我去了一趟無人島啦！不過我當然有帶糧食跟通訊器過去就是了！我是赤松。

在第二十七集的後記中，我提到我有習慣會去小說舞臺的場所參訪的事情——然後大概是崇尚體驗主義的關係，作品中出現的食物我也都盡可能會吃吃看。像第十四集吃過的蟹粉拌麵真的很好吃……！

然而在這次，我遇到了相當傷腦筋的狀況。

那就是關於金次在孤島上吃的各種食物。一方面因為舞臺設定在南半球，很多東西我拿不到手。雖然番杏和色彩鮮豔的魚類我是有吃過，雜草跟寄居蟹也多少有辦法解決，但讓我傷腦筋的就是「麵包樹的果實」。

這玩意我不但沒吃過，我家附近的超市或餐廳也都沒有賣，然後取材參訪的島上也沒有生長。

所以從島上回來後，我本來在不得已之下想說要把這段內容從小說草稿中刪掉……但是計算了一下金次在孤島上維持生命所需的營養與熱量，發現無論如何都必須要讓島上長出麵包樹了。

啊啊，麵包樹的果實！麵包樹是據說「只要有一棵樹就能吃一輩子」，是結出的果實具有高營養價值的樹。奇妙的外觀（請務必在網路上搜尋看看）也充滿魅力的那個果實究竟吃起來是什麼味道？真的像名字形容的那樣是麵包味道嗎？氣味又是如何？口感呢？我好想知道好想知道！

吃過的人寫的感想中，有人說「像馬鈴薯」有人說「像芋頭」又有人說「像番薯」，越調查就感覺越神祕。而我這人明明在書中又是寫妖怪又是寫宇宙人的，可是怎麼也不想要把自己不知道的事情就在不知道的狀況下寫出來——

——所以這次我拜託進口代理商，從牙買加訂貨過來了。

而等待了幾個禮拜總算到手的麵包樹果實……明明是長在樹上的果實，卻完全就是薯類的味道！既像馬鈴薯，也像芋頭，又像番薯。也就是說跟我原本查到的內容完全一樣，不過這下我總算可以安心讓「麵包樹的果實」在這本小說中登場啦。太好了、太好了……！

啊……不過再怎麼說，我也不會打扮成偽娘撰寫第二十九集喔？應該！

那麼就期待下次，金次在麵包樹下仰望到的耀眼太陽照耀大地的時候再相見。

二〇一八年五月吉日　赤松中學

アリア28巻!!
※賀亞莉亞第28集出版!!
■尼臭在設計上是個半瞇眼角色，不過要畫得可愛真的很有難度，這次讓我在這點上吃了不少苦頭……
■然後感覺好像很久沒畫到亞莉亞了。有如回到老家般的安心感……！
■那麼就期待下一集再相見吧！

緋彈的亞莉亞

Aria the Scarlet Ammo

浮文字

緋彈的亞莉亞(28) 遠洋孤島的珊瑚礁

(原名：緋弾のアリアXXVIII 絶島の珊瑚礁(サウザンクロス))

作者／赤松中學　封面插畫／こぶいち　譯者／陳梵帆
發行人／黃鎮隆　副總經理／陳君平
總編輯／洪琇菁　國際版權／黃令歡
執行編輯／呂尚燁　美術編輯／陳聖義
企劃宣傳／邱小祐
出版／城邦文化事業股份有限公司 尖端出版
台北市中山區民生東路二段一四一號十樓
電話：(〇二)二五〇〇七六〇〇　傳真：(〇二)二五〇〇二六八三
E-mail：7novels@mail2.spp.com.tw
發行／英屬蓋曼群島商家庭傳媒股份有限公司城邦分公司　尖端出版
台北市中山區民生東路二段一四一號十樓
電話：(〇二)二五〇〇—七六〇〇(代表號)
傳真：(〇二)二五〇〇—一九七九
北部經銷／祥友圖書有限公司
電話：(〇二)八五一二—三八五一
傳真：(〇二)八五一二—四二五五
中部經銷／楨彥有限公司
電話：(〇二)八九一九—三三六九
傳真：(〇二)八九一四—五五二四
雲嘉經銷／智豐圖書股份有限公司　嘉義公司
電話：(〇五)二三三—三八五二
傳真：(〇五)二三三—三八六三
南部經銷／智豐圖書股份有限公司　高雄公司
電話：(〇七)三七三—〇〇七九
傳真：(〇七)三七三—〇〇八七
一代匯集／香港九龍旺角塘尾道六十四號龍駒企業大廈十樓B&D室
電話：(八五二)二七八三—八一〇二
傳真：(八五二)二七八二—一五二九
馬新經銷／城邦(馬新)出版集團　Cite(M)Sdn.Bhd.
E-mail：Cite@cite com my
法律顧問／王子文律師　元禾法律事務所
北市羅斯福路三段三十七號十五樓
二〇一八年十一月一版一刷

■中文版■

郵購注意事項：
1. 填妥劃撥單資料：帳號：50003021戶名：英屬蓋曼群島商家庭傳媒(股)公司城邦分公司。2. 通信欄內註明訂購書名與冊數。3. 劃撥金額低於500元，請加附掛號郵資50元。如劃撥日起 10～14日，仍未收到書時，請洽劃撥組。劃撥專線TEL：(03) 312-4212 ・ FAX：(03) 322-4621。E-mail：marketing@spp.com.tw

國家圖書館出版品預行編目資料

緋彈的亞莉亞28 / 赤松中學 著 ； 陳梵帆 譯.--1版.
--臺北市：尖端出版, 2018.11
面 ； 公分.--(浮文字)
譯自:緋弾のアリア
ISBN 978-957-10-8307-0(第28冊：平裝)

861.57 107008073